Resta
dove sei e poi
Vai

JOHN BOYNE

Resta dove sei e poi Vai

Traduzione di FRANCESCO GULIZIA

Rizzoli

Titolo originale: Stay Where You Are and Then Leave

Pubblicato per la prima volta nel 2013 in Gran Bretagna da Doubleday,
un marchio di Random House Children's Publishers UK
A Random House Group Company

Seconda edizione Rizzoli Narrativa maggio 2014
Nuova edizione Rizzoli Narrativa novembre 2014

ISBN 978-88-17-07830-6

Ai miei genitori

Lasciami con un sorriso

Send Me Away With a Smile

Ogni sera, prima di andare a letto, Alfie Summerfield cercava di fissare nella mente com'era la vita prima che la guerra cominciasse, ma più passavano i giorni, più difficile diventava ricordare con chiarezza.

I combattimenti erano iniziati il 28 luglio 1914. Altri forse avrebbero fatto fatica a ricordarsi quella data tanto facilmente, ma non Alfie: lui non avrebbe mai potuto dimenticarla, perché era il giorno del suo compleanno. Compiva cinque anni, e per l'occasione i suoi genitori avevano organizzato una festa, a cui però si erano presentate solo una manciata di persone: nonna Summerfield, che era rimasta tutto il tempo seduta in un angolo a singhiozzare con il viso sepolto nel fazzoletto, ed era andata avanti a ripetere: «È la fine, è la fine per tutti» fino a quando la mamma di Alfie le aveva detto che se non riusciva a controllarsi, avrebbe fatto meglio ad andarsene; il vecchio Bill Hemperton, il vicino di casa australiano, che aveva quasi un centinaio d'anni e faceva un giochetto con i denti finti – li muoveva avanti e indietro usando solo la lingua; la migliore amica di Alfie, Kalena Janáček, che viveva tre porte più giù, al numero sei, e suo padre, che era il proprietario del negozietto di caramelle e aveva le scarpe più lucide di tutta Londra. Alfie aveva invitato quasi tutti gli amici che abitavano nella sua via, Damley Road, ma quella mattina le loro madri, una dopo l'altra, avevano bussato alla porta dei Summerfield per dire che il piccolo tal dei tali non sarebbe potuto venire.

«Non è proprio il giorno migliore per dare una festa, non credi?» aveva detto Mrs Smythe del numero nove, la mamma di Henry Smythe, che a scuola era seduto proprio davanti ad Alfie e faceva almeno dieci puzze disgustose al giorno. «Faresti meglio ad annullarla, cara.»

«Non annullerò un bel niente» disse la madre di Alfie, Margie, agitando le braccia per la frustrazione dopo che il quinto genitore era venuto a bussare alla porta. «Anzi, faremo di tutto per divertirci. E cosa ci faccio con tutta questa roba da mangiare se nessuno si presenta?»

Alfie la seguì in cucina e diede un'occhiata al tavolo, sul quale erano disposti in fila sandwich di carne salata, trippa stufata, uova sottaceto, lingua fredda e anguille in gelatina, tutti ricoperti da strofinacci per tenerli al fresco.

«La mangio io» disse Alfie, a cui piaceva rendersi utile.

«Già» disse Margie. «Sono sicura che ci riusciresti.

Sei un pozzo senza fondo, Alfie Summerfield. Non so proprio dove tu metta tutto quello che mangi. Dico sul serio, non lo so.»

Quel giorno, quando arrivò l'ora di pranzo e Georgie, il papà di Alfie, tornò dal lavoro, aveva un'espressione preoccupata. Non andò in cortile sul retro a lavarsi come faceva di solito, anche se odorava un po' di latte e un po' di cavallo. Rimase invece in salotto a leggere il giornale; poi lo ripiegò, lo nascose sotto un cuscino del divano ed entrò in cucina.

«A posto, Margie?» disse, dando alla moglie un rapido bacio sulla guancia.

«A posto, Georgie.»

«A posto, Alfie?» ripeté scompigliando i capelli del figlio.

«A posto, papà.»

«Buon compleanno, figliolo. A proposito, quanti anni hai ormai, ventisette?»

«Ne ho cinque» disse Alfie, che non riusciva a immaginare come fosse avere ventisette anni, ma si sentiva già grandissimo a pensare di averne finalmente compiuti cinque.

«Mmm, cinque» disse Georgie grattandosi il mento. «Mi sembrava che fossi in circolazione da molto più tempo.»

«Fuori! Fuori! Fuori!» gridò Margie sventolando le mani per ricacciarli in salotto. La mamma di Alfie diceva sempre che non c'era niente di più fastidioso che avere due uomini tra i piedi mentre cercava di cucinare. Così Georgie e Alfie ubbidirono agli ordini e nell'attesa che la festa iniziasse si misero a giocare a Scale e Serpenti sul tavolo vicino alla finestra.

«Papà» disse Alfie.

«Sì, figliolo?»

«Come stava oggi Mr Asquith?»

«Molto meglio.»

«Il veterinario gli ha dato un'occhiata?»

«Sì, figliolo, è passato. Qualunque cosa fosse, sembra che abbia trovato il modo di uscire dal suo corpo.»

Mr Asquith era il cavallo di Georgie. O meglio, era il cavallo della latteria, quello che trainava il carro di Georgie ogni mattina mentre lui consegnava il latte. Alfie lo aveva chiamato così l'anno prima, il giorno che lo avevano assegnato a Georgie; aveva sentito quel nome alla radio così tante volte che si era convinto dovesse per forza appartenere a qualcuno di molto importante, e così aveva deciso che fosse il nome giusto per un cavallo.

«Papà, gli hai dato una carezza da parte mia?»

«Sì, figliolo, l'ho fatto.»

Alfie sorrise. Amava Mr Asquith. Lo adorava.

«Papà» disse Alfie, un attimo dopo.

«Sì, figliolo?»

«Posso venire al lavoro con te domani?»

Georgie fece cenno di no con la testa. «Mi dispiace, Alfie. Sei ancora troppo piccolo per il carro del latte. È più pericoloso di quanto pensi.»

«Ma tu avevi detto che potevo venire quando diventavo più grande.»

«E quando diventerai più grande verrai, infatti.»

«Ma io sono già più grande» disse Alfie. «Potrei aiutare tutti i nostri vicini quando vengono a riempire le brocche del latte al carro.»

«Rischierei di perdere il lavoro, Alfie.»

«Allora potrei tenere compagnia a Mr Asquith mentre tu le riempi.»

«Mi dispiace, figliolo» disse Georgie. «Ma non sei ancora abbastanza grande.»

Alfie sospirò. Non c'era niente al mondo che desiderasse di più che salire sul carro con suo padre e aiutarlo a consegnare il latte ogni mattina, dando zollette di zucchero a Mr Asquith tra una fermata e l'altra, anche se questo significava alzarsi nel cuore della notte. L'idea di andare in giro per le strade e vedere la città quando tutti ancora dormivano gli faceva venire un brivido lungo la schiena. Ed essere il braccio destro del suo papà? Cosa poteva esserci di meglio al mondo? Alfie aveva chiesto il permesso di accompagnarlo almeno un migliaio di volte, ma la risposta era sempre stata la stessa: No, Alfie, sei ancora troppo piccolo.

«Ti ricordi di quando avevi tu cinque anni?» chiese Alfie.

«Certo, figliolo. Fu l'anno in cui morì il mio vecchio. Fu un anno duro.»

«Come morì?»

«Giù in miniera.»

Alfie ci pensò su. Conosceva solo una persona che era morta. La madre di Kalena, Mrs Janáček; era stata la tubercolosi a portarsela via. Alfie sapeva anche scriverla, quella parola. T-u-b-e-r-c-o-l-o-s-i.

«E poi cosa successe?»

«Poi, quando?»

«Quando tuo padre morì.»

Georgie ci pensò per un attimo e si strinse nelle spalle. «Ci trasferimmo a Londra, se ricordo bene» spiegò. «Tua nonna Summerfield disse che a Newcastle non c'era più niente per noi. Disse che se fossimo venuti qua, avremmo potuto ricominciare daccapo. Disse che ero io, ormai, l'uomo di casa.» Lanciò un cinque e un sei, atterrò sul 37 blu e scivolò lungo un serpente fino al 19 bianco. «Tutta fortuna» disse.

«Resterai alzato fino a tardi stasera, vero?» chiese Alfie, e suo padre annuì.

«Lo faccio solo per te» disse. «Dato che è il tuo compleanno, resterò alzato fino alle nove, che te ne pare?»

Alfie sorrise. Georgie non andava mai a letto più tardi delle sette perché doveva alzarsi presto. «Divento uno straccio, senza il mio sonno di bellezza» diceva sempre, facendo ridere Margie; poi, voltandosi verso Alfie aggiungeva: «Tua madre ha accettato di sposarmi solo per il mio bell'aspetto. Ma se non faccio una buona dormita, mi vengono le borse sotto gli occhi e divento pallido come un fantasma, e lei finirà per scappare con il postino.»

«Sono già scappata con il lattaio e guarda come sono finita» rispondeva sempre Margie, ma non diceva sul serio, perché poi lei e Georgie si guardavano e sorridevano. A volte capitava che sbadigliasse anche lei; a quel punto diceva che non le sarebbe dispiaciuto andare a dormire presto e così salivano in camera loro, il che significava che anche ad Alfie toccava andare a dormire. E questo ai suoi occhi provava una sola cosa: che sbadigliare era contagioso.

Nonostante la sua festa fosse stata una mezza delusione, Alfie cercò di non prendersela troppo. Sapeva che là fuori, nel mondo, stava succedendo qualcosa, qualcosa di cui tutti i grandi parlavano, ma sembrava essere una cosa noiosa e lui, comunque, non era molto interessato. Se ne parlava da mesi; i grandi continuavano a dire che c'era qualcosa di grosso proprio dietro l'angolo, e che avrebbe finito per toccarli tutti. A volte Georgie diceva a Margie che sarebbe iniziata da un giorno all'altro e che era meglio prepararsi; altre, invece, quando lei si arrabbiava, le diceva che non c'era niente di cui preoccuparsi, che alla fine tutto si sarebbe risolto per il meglio e che l'Europa era troppo civilizzata perché ci scoppiasse un parapiglia dal quale nessuno poteva davvero pensare di uscir vincitore.

Quando la festa iniziò, tutti si sforzarono di essere allegri e di fingere che fosse un giorno come gli altri.

Giocarono a patata bollente, dove si sta seduti in cerchio e ci si passa una patata bollente; il primo che la fa cadere viene eliminato (aveva vinto Kalena). Il vecchio Bill Hemperton organizzò un gioco con le monetine in salotto e fu Alfie a vincerne più di tutti. Nonna Summerfield consegnò una molletta per i panni a ciascuno e posò sul pavimento una bottiglia di latte vuota. Chi riusciva a centrare la bottiglia lasciando cadere la molletta dal punto più in alto, vinceva (Margie aveva stracciato tutti). Ben presto, però, i grandi smisero di parlare con i bambini e si radunarono in gruppetti negli angoli della stanza, cupi in volto; Alfie e Kalena origliavano cercando di capire di che cosa stessero parlando.

«Faresti meglio ad arruolarti ora, prima che siano loro a chiamarti» diceva il vecchio Bill. «Vedrai che alla fine ti conviene, dammi retta.»

«Taci, tu» lo zittì nonna Summerfield, che viveva nella casa di fronte a quella del vecchio Bill, al numero undici; non le era mai andato a genio, il vecchio Bill, perché faceva suonare il grammofono ogni mattina con le finestre spalancate. Era una donna bassa e tonda che indossava sempre una retina per capelli e teneva le maniche arrotolate come se fosse sempre sul punto di andare a lavorare. «Georgie non si arruolerà da nessuna parte.»

«Potrei non avere scelta, mamma» disse Georgie scuotendo la testa.

«Ssst, non di fronte ad Alfie» disse Margie dandogli un colpetto sul braccio.

«Sto solo dicendo che questa faccenda potrebbe andare avanti per anni. Forse me la passerei meglio se partissi volontario.»

«No, per Natale sarà tutto finito » disse Mr Janáček, le cui scarpe di vernice nere erano così lucide che tutti gli avevano fatto i complimenti. «È quello che si dice in giro.»

«È la fine, è la fine per tutti» singhiozzò nonna Summerfield, e sfilandosi di tasca un enorme fazzoletto si soffiò il naso così forte che ad Alfie scappò da ridere. Margie non lo trovò così buffo, però: scoppiò a piangere e uscì dalla stanza, e Georgie le corse dietro.

Erano passati più di quattro anni da quel giorno, ma Alfie ci ripensava spessissimo. Aveva nove anni, ormai, e da allora non c'erano più state feste di compleanno. La sera, però, quando andava a dormire cercava di fermare nella mente quanti più dettagli poteva sulla sua famiglia prima che le cose cambiassero, perché ricordando la vita che facevano un tempo, c'era sempre la possibilità che un giorno potessero tornarvici.

Georgie e Margie erano molto vecchi quando si erano sposati, Alfie lo sapeva bene. Suo padre aveva quasi ventun anni e sua madre solo un anno di meno. Alfie faceva fatica a immaginare come fosse avere ventun anni. Pensava che si facesse fatica a sentire le cose, e che anche la vista fosse un po' sfocata. Credeva che fosse un'impresa impossibile alzarsi dalla poltrona sfondata di fronte al camino senza lamentarsi e dire: "Be', è arrivata l'ora di prepararsi per la notte." E immaginava che a quell'età la cosa più importante del mondo fosse una tazza di tè, un paio di pantofole comode e un cardigan caldo. A volte, quando ci rifletteva su, si rendeva conto che un giorno sarebbe arrivato anche lui ad avere ventun anni, ma quel momento sembrava così lontano nel tempo che era difficile da immaginare. Un giorno aveva preso un pezzo di carta e una matita e aveva fatto i conti, ed era arrivato alla conclusione che solo nel 1930 avrebbe raggiunto quell'età. Il 1930! Mancavano secoli. D'accordo, forse non proprio secoli, ma era così che sembrava agli occhi di Alfie.

La festa per i cinque anni di Alfie era un ricordo felice e allo stesso tempo triste. Felice perché aveva ricevuto dei bei doni: i suoi genitori gli avevano regalato diciotto pastelli colorati e un album da disegno, Mr Janáček una copia di seconda mano di *La vita e le straordinarie, sorprendenti avventure di Robinson Crusoe*, spiegandogli che forse era un libro troppo difficile per lui, ma che un giorno avrebbe potuto leggerlo, Kalena un pacchetto di caramelle frizzanti al limone. E poco importava che alcuni regali fossero un po' insulsi: nonna Summerfield gli aveva portato un paio di calze e il vecchio Bill Hemperton una mappa dell'Australia, perché, aveva detto, forse un giorno gli sarebbe venuta voglia di andare dall'altra parte del mondo, e in quel caso la mappa gli sarebbe di sicuro tornata utile.

«Vedi lì» disse il vecchio Bill indicando un punto quasi in cima alla mappa, dove il verde dei bordi diventava marrone al centro. «È da lì che vengo. Si chiama Mareeba, ed è il paesino più bello di tutta l'Australia. Formicai grandi come case. Se un giorno ci andrai, Alfie, di' che ti manda il vecchio Bill Hemperton e ti tratteranno come uno di famiglia. Da quelle parti sono un eroe, per via delle mie conoscenze.»

«Quali conoscenze?» chiese, ma il vecchio Bill si limitò a strizzare l'occhio e scuotere la testa.

Alfie non sapeva che farsene della mappa, ma nei giorni successivi la appese comunque alla parete di camera sua, indossò le calze che gli aveva regalato nonna Summerfield, consumò quasi tutte le matite colorate, finì l'album, provò a leggere Robinson Crusoe, ma faceva troppa fatica (però lo posò sulla mensola per riprenderlo quando fosse diventato un po' più grande), e divise le caramelle al limone con Kalena.

Questi erano i bei ricordi.

I ricordi tristi erano dovuti al fatto che quello fu il giorno in cui tutto cambiò. Al tramonto, gli uomini di Damley Road erano usciti in strada, e con le maniche delle camicie arrotolate e i pollici infilati nelle bretelle si erano messi a parlare di strani concetti come "dovere" e "responsabilità", facendo di tanto in tanto un tiro di sigaretta, per poi spezzarne la punta e rimettersi i mozziconi nella tasca del panciotto così da poterli riutilizzare. Georgie aveva finito per discutere con il suo più vecchio e caro amico, Joe Patience, che viveva al numero sedici, sui torti e le ragioni, come li chiamavano loro, di tutta quella faccenda. Joe e Georgie erano amici da quando Georgie e nonna Summerfield si erano trasferiti in Damley Road (nonna Summerfield diceva che Joe era in pratica cresciuto nella sua cucina) e non avevano mai litigato fino a quel pomeriggio. Fu il giorno in cui Charlie Slipton, il ragazzo dei giornali del numero ventuno, che una volta aveva tirato una pietra in testa ad Alfie senza alcun motivo, aveva fatto su e giù lungo Damley Road per sei volte di seguito con edizioni sempre nuove del giornale, ed era riuscito a vendere tutte le copie che aveva senza fare nemmeno troppa fatica. E fu il giorno che si concluse con la mamma di Alfie seduta sulla poltrona sfondata davanti al camino, a singhiozzare come se stesse arrivando la fine del mondo.

«Su, Margie» disse Georgie; era in piedi alle sue spalle, e le accarezzava la nuca. «Non c'è niente da piangere, credimi. Ricordi cosa diceva la gente fuori? Per Natale sarà tutto finito. Tornerò in tempo per darti una mano a farcire l'oca.»

«E tu ci credi?» disse Margie levando la testa e guardandolo, con gli occhi rossi per il troppo piangere. «Davvero credi a quello che ti raccontano?»

«Cos'altro ci resta da fare, se non credere?» disse Georgie. «Dobbiamo essere ottimisti.»

«Promettimelo, Georgie Summerfield» disse Margie. «Promettimi che non partirai volontario.»

Ci fu una lunga pausa prima che il papà di Alfie rispondesse: «Hai sentito cos'ha detto il vecchio Bill, tesoro. Alla lunga, potrei passarmela meglio se...»

«E io? E Alfie? Come ce la passeremmo noi? Promettimelo, Georgie!»

«Va bene, tesoro. Aspettiamo di vedere come si mettono le cose, che ne dici? Magari domani tutti quei politici si sveglieranno e cambieranno idea, e noi ci saremo preoccupati per niente.»

Teoricamente, Alfie non avrebbe dovuto origliare le conversazioni private dei suoi genitori: era proprio facendo così che si era messo nei guai un paio di volte in passato. Quella sera, però, la sera in cui aveva compiuto cinque anni, rimase seduto sulle scale, dove sapeva che non potevano vederlo, ad ascoltare con lo sguardo basso Margie e Georgie che parlavano. Non aveva in programma di starsene seduto lì così a lungo – era sceso solo per un bicchier d'acqua e un po' di lingua avanzata su cui aveva messo gli occhi – ma il papà e la mamma parevano discutere di un argomento così serio che andarsene gli era sembrato un errore. Sbadigliò forte, spalancando la bocca; in fondo, era stata una giornata lunghissima, come lo sono sempre i compleanni. Chiuse gli occhi per un istante, appoggiò la testa sul gradino alle sue spalle, e in men che non si dica sognò che qualcuno lo prendeva in braccio per portarlo in un luogo caldo e confortevole. Quando riaprì gli occhi era nel suo lettino e il sole filtrava dalle tende sottili, quelle con i fiori giallini che, sosteneva Alfie, erano decisamente più adatte alla stanza di una femmina che di un maschio.

La mattina dopo la festa per i suoi cinque anni, Alfie scese di sotto e trovò sua madre vestita come nei giorni di bucato, con i capelli legati, l'acqua che bolliva in ogni pentola a disposizione e la stessa aria infelice della sera prima; non era però la normale infelicità in cui cadeva nei giorni di bucato, che di solito duravano dalle sette di mattina alle sette di sera. Margie si volse verso di lui quando lo sentì entrare, ma per un attimo parve non riconoscerlo; poi gli concesse appena un sorriso sconsolato. «Alfie» disse. «Pensavo di lasciarti dormire ancora un po'. Hai avuto una giornata lunga ieri. Portami giù le tue lenzuola, ti va? Su, da bravo.»

«Dov'è papà?» chiese Alfie.

«È uscito.»

«Uscito dove?»

«Oh, non lo so» rispose lei, senza riuscire a guardarlo negli occhi. «Lo sai, tuo padre non mi dice mai niente.»

Alfie però sapeva che non era vero, perché ogni pomeriggio, quando il suo papà tornava a casa dalla latteria, raccontava a Margie ogni singolo dettaglio della sua giornata, dall'inizio alla fine. Se ne stavano seduti a ridere mentre lui le raccontava che Bonzo Daly aveva lasciato in cortile mezza dozzina di bidoni senza il coperchio e gli uccelli gli avevano rovinato tutto il latte. O di quando Petey Staples si era preso gioco del capo e poi si era sentito dire che se continuava a lamentarsi poteva anche andarsi a cercare un altro posto di lavoro dove erano disposti a sopportare certe idiozie. O di quando Mr Asquith aveva fatto la madre di tutte le cacche appena fuori dal numero quattro, dove abitava Mrs Fairfax, che (raccontava lei) discendeva dall'ultimo Re d'Inghilterra della dinastia dei Plantageneti, ed era dunque destinata a luoghi ben più eleganti di Damley Road. Se c'era una cosa che Alfie sapeva di suo padre era che raccontava tutto a sua madre.

Un'ora dopo, Alfie era seduto in salotto a disegnare sul suo album nuovo insieme a Margie, che stava facendo una pausa dal bucato, e a nonna Summerfield, passata, diceva, a spettegolare un po', in realtà venuta apposta per scaricare le sue lenzuola a Margie. Nonna Summerfield si teneva il giornale incollato al naso e strizzava gli occhi, lamentandosi di continuo dei caratteri troppo piccoli con cui stampavano gli articoli.

«Non riesco a leggere, Margie» diceva. «Vogliono farci diventare tutti ciechi? È questo che vogliono?»

«Secondo te papà mi porterà sul carro con lui domani?» domandò Alfie.

«Glielo hai chiesto?»

«Sì, ma mi ha detto che non posso fino a quando non sarò più grande.»

«Allora no, non ti porterà» disse Margie.

«Ma domani sarò più grande di ieri» disse Alfie.

Prima che Margie avesse il tempo di rispondere, la porta si aprì ed entrò un soldato. Alfie rimase di stucco. Era alto e robusto, della stessa corporatura del papà di Alfie; mentre si guardava intorno, però, pareva un po' intimidito. Alfie non poté fare a meno di restare impressionato dall'uniforme: una giubba color kaki con cinque bottoni d'ottone al centro, un paio di spalline, pantaloni infilati nei calzettoni alti fino alle ginocchia e grandi anfibi neri. Ma perché un soldato sarebbe dovuto entrare nel loro soggiorno? si chiese. Non aveva neanche bussato! Poi, però, il soldato si tolse il cappello e se lo infilò sotto il braccio e allora Alfie si rese conto che non era un soldato qualunque, e non era neppure un estraneo.

Era Georgie Summerfield.

Era suo padre.

Fu allora che Margie fece cadere il lavoro a maglia sul pavimento, si portò le mani alla bocca e rimase così per un attimo, prima di uscire dalla stanza e salire di corsa le scale. Georgie guardò prima il figlio e poi la madre, stringendosi nelle spalle.

«Dovevo farlo» disse, alla fine. «Tu lo capisci, vero, mamma? Dovevo farlo.»

«È la fine» disse nonna Summerfield, mettendo via il giornale, e per distogliere gli occhi da suo figlio, si volse verso la finestra: in strada, altri giovani uomini stavano entrando nelle rispettive case, con indosso la stessa uniforme di Georgie. «È la fine per tutti.»

Era questo tutto ciò che Alfie si ricordava di quando aveva compiuto cinque anni.

Se tu fossi l'unico crucco in trincea

If You Were the Only Boche in the Trench

Gli Janáček se n'erano già andati da quasi due anni quando Alfie rubò la cassetta con i lucidi da scarpe.

Da che Alfie si ricordasse, gli Janáček avevano sempre vissuto tre porte più giù dei Summerfield, e Kalena, che era sei settimane più grande di lui, era stata la sua migliore amica fin da quando erano bambini. Quando gli capiva di fermarsi da loro fino a sera, Alfie sapeva che avrebbe immancabilmente trovato Mr Janáček in cucina, seduto al tavolo con la cassetta porta lucidi aperta davanti, a lucidarsi le scarpe per il giorno dopo.

«Credo che un uomo debba sempre presentarsi al mondo con stile ed eleganza» diceva ad Alfie. «È questo che ci distingue dagli animali.»

Tutti gli abitanti di Damley Road erano amici, o almeno lo erano prima della guerra. C'erano dodici case a schiera su ogni lato della strada, ognuna attaccata all'altra da un muro sottile, attraverso il quale filtrava il suono attutito delle conversazioni dei vicini. Alcune case avevano i vasi alle finestre, altre no, ma tutti si sforzavano di mantenere la via in ordine. Alfie e Kalena vivevano sul lato dei numeri pari; nonna Summerfield viveva di fronte, con i numeri dispari, cosa che Margie trovava particolarmente appropriata. Ogni casa aveva una finestra in salotto che affacciava sulla strada e altre due finestre al piano di sopra, e ogni porta era dipinta dello stesso colore: giallo. C'era stato un giorno in cui Joe Patience, l'obiettore del numero sedici, aveva dipinto la sua porta di rosso; tutte le donne erano uscite in strada a guardarlo, e scuotevano il capo, bisbigliando tra loro indignate. Joe aveva le sue idee politiche, questo lo sapevano tutti. Il vecchio Bill diceva che "era il padrone di se stesso", qualunque cosa volesse dire. Erano più i giorni che passava a scioperare di quelli in cui lavorava, e lo si vedeva spessissimo in giro a distribuire volantini sui diritti dei lavoratori. Diceva che era giusto che le donne votassero, ma nemmeno tutte le donne erano d'accordo con lui. (Nonna Summerfield diceva che al voto avrebbe preferito la peste.) Possedeva anche un vecchio clarinetto, bellissimo, e qualche volta si sedeva a suonare sulla porta di casa; in quei momenti Helena Morris, del numero diciotto, usciva sulla soglia e restava lì a guardarlo, fino a quando sua madre non cacciava fuori la testa e le diceva di smetterla di dare spettacolo in quel modo.

Ad Alfie Joe Patience piaceva e pensava che fosse buffo che il suo cognome significasse "pazienza", vale a dire l'opposto del suo carattere, dato che si infervorava sempre. Dopo che aveva dipinto la sua porta di rosso, tre uomini – Mr Welton del numero cinque, Mr Jones del numero diciannove e Georgie Summerfield, il papà di Alfie – erano andati da lui a scambiare due chiacchiere. Georgie non voleva andarci, ma gli altri avevano insistito perché lui era il più vecchio amico di Joe.

«Non va bene, Joe» disse Mr Jones, e tutte le donne erano uscite in strada, facendo finta di lavare le finestre.

«Perché no?»

«Be', guardati intorno. Non c'entra niente.»

«Il rosso è il colore della classe operaia. E qui siamo tutti classe operaia, o mi sbaglio?»

«In Damley Road abbiamo le porte gialle» disse Mr Welton.

«E chi l'ha detto che devono essere gialle?»

«È così, e lo è sempre stato. Non vorrai metterti a sputare sulle tradizioni, adesso?»

«E allora come possono migliorare le cose?» chiese Joe alzando la voce, anche se i tre uomini erano proprio di fronte a lui. «Per l'amor del cielo, è solo una porta! Che importanza ha di che colore è?»

«Forse Joe ha ragione» disse Georgie cercando di calmare gli animi. «In fondo che importanza ha, purché la vernice non si scrosti e faccia sfigurare la strada?»

«Dovevo immaginarlo che saresti stato dalla sua parte» disse Mr Jones in tono beffardo, anche se era stata sua l'idea di chiedere a Georgie di accompagnarli. «Sempre culo e camicia voi due, eh?»

«Già» rispose Georgie con una scrollata di spalle, come se fosse la cosa più naturale del mondo. «Sempre culo e camicia, che male c'è?»

Alla fine, Mr Welton o Mr Jones non poterono proprio farci nulla, e così la porta rimase rossa fino all'estate seguente, quando Joe decise di cambiarla di nuovo e dipingerla di verde, a sostegno degli irlandesi, che a sentir lui stavano facendo tutto quello che potevano pur di spezzare i ceppi dei loro tiranni imperiali. Il papà di Alfie si limitò a riderci su e dire che se quello che voleva era sprecare i suoi soldi in vernice, allora era proprio una causa persa. Nonna Summerfield disse che se la madre di Joe fosse stata ancora viva, si sarebbe vergognata.

«Non so» disse Margie. «Ha una vena indipendente, tutto qua. A me non dispiace.»

«Joe Patience non è cattivo» concordò Georgie.

«È il padrone di se stesso» ripeté il vecchio Bill Hemperton.

«E non è niente male, in fin dei conti» disse Margie. «Helena Morris si è presa una bella cotta.»

«Si vergognerebbe» insistette nonna Summerfield.

Ma a parte questo, gli abitanti di Damley Road sembravano andare tutti d'amore e d'accordo. Erano vicini di casa ed erano amici. E non c'era nessuno che sembrasse parte di quella comunità più di Kalena e di suo padre.

Mr Janáček era il proprietario del negozio di caramelle in fondo alla strada. Non era solo un negozio di caramelle, ovviamente: vendeva anche giornali, spago, taccuini, matite, biglietti d'auguri, mele, fionde, palloni da calcio, merletti, lucido per stivali, sapone di Marsiglia, tè, cacciaviti, borsellini, calzascarpe e lampadine. Ma per Alfie la cosa più importante erano le caramelle e così lo chiamava il negozio di caramelle. Dietro il bancone correvano file di contenitori di vetro, alti e trasparenti, pieni fino all'orlo di caramelle frizzanti al limone, pasticche alla mela e alla pera, caramelle alla menta a strisce bianche e nere, bastoncini di liquirizia e caramelle ripiene, e tutte le volte che Alfie aveva messo da parte un paio di penny, andava sempre dritto da Mr Janáček, il quale gli permetteva di starsene lì in piedi tutto il tempo che voleva mentre cercava di decidersi.

«A volte, Alfie» diceva sporgendosi da sopra il bancone e togliendosi gli occhiali per pulirseli, «penso che tu preferisca più decidere come spendere i tuoi penny che mangiare le caramelle.»

Mr Janáček aveva una voce buffa perché non era inglese. Era di Praga, e anche se era a Londra ormai da dieci anni, non aveva perso il suo accento. Sulle sue labbra, perché diventava pevché, caramelle, cavamelle. Kalena non parlava come lui perché era nata nella loro casa, al numero sei, e in tutta la sua vita non aveva mai messo piede fuori da Londra.

«Sei la persona più fortunata che conosca» le disse

Alfie un giorno. Erano seduti sul bordo del marciapiede, a succhiare caramelle assortite alla liquirizia e a guardare il carbonaio che consegnava un sacco a Mrs Scutworth, al numero quindici. L'uomo aveva la faccia e le mani nere, tutte ricoperte di fuliggine, ma doveva essersi rimboccato le maniche poco prima di arrivare, perché le braccia, al contrario, erano bianche come il latte.

«Perché dici così?» chiese Kalena sbucciando con cura una banana.

«Perché tuo papà ha un negozio di caramelle» rispose lui, come se fosse la cosa più ovvia del mondo. «È il lavoro migliore del mondo. A parte forse lavorare sul carro del latte.»

Kalena scosse il capo. «Ci sono un sacco di lavori migliori di quello» disse lei. «Da grande io non lavorerò in un negozio di caramelle.»

«E allora cosa farai?» chiese Alfie, perplesso.

«Il primo ministro» disse Kalena.

Alfie rimase ammutolito, ma pensò che fosse un'idea di tutto rispetto. Quando a cena quella sera lo raccontò ai suoi genitori, scoppiarono tutti e due a ridere.

«Kalena Janáček? Primo ministro?» disse Georgie scuotendo il capo. «Adesso le ho sentite proprio tutte. Passami le carote, tesoro.»

«La moglie del primo ministro, forse» disse Margie prendendo il piatto.

«Be', io voterei per lei» disse Alfie difendendo la sua

amica. Non gli piaceva che si prendessero gioco della faccenda in quel modo.

«Saresti l'unico» disse Georgie. «Neanche lei potrebbe votare per se stessa, per cui proprio non capisco come possa pensare di diventare primo ministro. Un po' gommose queste carote, non ti pare?»

«Perché non può votare per se stessa?» chiese Alfie.

«Le donne non possono votare, Alfie» disse Margie, e gli tagliò un'altra fetta di arrosto, a cui aggiunse ancora un po' di patate. (Questo succedeva nei giorni in cui potevano ancora mangiare carne e patate per cena. Prima che la guerra scoppiasse.)

«Perché no?»

«Perché è così da sempre.»

«Ma perché è così da sempre?»

«Perché due non fa tre» disse Margie. «Adesso mangia, Alfie, e smettila di fare così tante domande. E le carote vanno benissimo, Georgie Summerfield, quindi vedi di mangiare tutto anche tu. Non passo i pomeriggi a cucinare per poi ritrovarmi un piatto di avanzi da pulire.»

Alfie non era molto convinto delle spiegazioni che la mamma e il papà gli avevano dato, ma credeva che l'ambizione mostrata da Kalena fosse una bella cosa. Quando quella sera, più tardi, si infilò a letto, iniziò a pensare a tutte le cose che avrebbe potuto fare da grande. Poteva diventare conducente di treni. O poliziotto. Poteva fare l'insegnante o il pompiere. Poteva andare a lavorare sul carro del latte con il suo papà o diventare un autista di autobus come Mr Welton. O fare l'esploratore come Ernest Shackleton, che in quei giorni era sempre sul giornale. Sembravano tutti bei lavori, ma poi fu colpito dall'ispirazione ed era tanto eccitato per l'idea che gli era venuta, che per poco non balzò giù dal letto.

Il pomeriggio dopo – era un venerdì – entrò con piglio deciso nel negozio di caramelle di Mr Janáček e aspettò che Mr Candlemas del numero tredici finisse di contare una manciata di monetine per comprare il tabacco, poi si sedette sullo sgabello alto accanto al bancone e si mise a fissare i barattoli con le caramelle.

«Ciao, Alfie» disse Mr Janáček.

«Salve, Mr Janáček» disse Alfie.

«Cosa prendi oggi, allora?» Cosa pvendi oggi, allova?

Alfie scosse il capo. «Niente, grazie. Fino a lunedì ho finito i soldi. Volevo solo farle una domanda.»

Mr Janáček annuì e facendo il giro del bancone gli si sedette accanto, scrollando le spalle. «Chiedimi pure tutto quello che ti pare.» Chiedimi puve tutto quello che ti pave.

«Ecco, non si può proprio dire che lei stia ringiovanendo, giusto Mr Janáček?» disse Alfie. Era una frase che aveva sentito dire al vecchio Bill Hemperton. Tutte le volte che qualcuno gli chiedeva di fare qualcosa per rendersi utile alla via, diceva che non poteva, che, qualunque cosa fosse, era un lavoro per gente giovane e lui non si poteva proprio dire che stesse ringiovanendo.

Mr Janáček rise. «Quanti anni credi che abbia, Alfie?»

Alfie ci pensò su. Sapeva per esperienza, dopo una spiacevole conversazione con Mrs Tamorin del numero venti, che era sempre meglio calcolare qualche anno in meno rispetto a quelli che si pensavano veramente. «Sessanta?» disse, sperando di aver colto nel segno. (In realtà pensava che Mr Janáček ne avesse circa settantacinque.)

Mr Janáček rise e scosse il capo. «Ci sei andato vicino» disse. «Ne ho ventinove. Solo qualche anno in più di tuo padre.»

Alfie non gli credette neanche per un attimo, ma fece finta di niente.

«Be', un giorno diventerà troppo vecchio per continuare a lavorare in negozio, giusto?» chiese.

«Suppongo di sì» disse. «Anche se ci vorrà ancora molto tempo, spero.»

«Perché... parlavo con Kalena» continuò Alfie. «E lei mi ha detto che non verrà a lavorare qui da grande, dato che vuole diventare primo ministro. E allora ho pensato che le potrebbe servire qualcuno a darle una mano, giusto? Quando non potrà più muoversi come prima e non riuscirà più a prendere le cose dagli scaffali in alto.»

Mr Janáček si prese qualche secondo per riflettere.

«Può darsi» disse. «Ma perché me lo chiedi, Alfie? Ti stai candidando per il posto?»

Alfie ci pensò su. Non era sicuro di volersi sbilanciare troppo fin da subito. «Pensavo che potrebbe tenermi in considerazione, tutto qua» disse. «Sono un gran lavoratore, sono onesto e adoro le caramelle.»

«Ma noi non vendiamo solo caramelle, lo sai. Dovrai farti piacere anche tutto il resto.»

«Non riesco tanto a immaginarmi ad adorare spago e candele come mi succede con le caramelle» disse Alfie. «Ma ce la metterei tutta. E nel frattempo, potrei sostituirla tutte le settimane nel suo giorno libero.»

Mr Janáček spalancò gli occhi. «E quale sarebbe il mio giorno libero?» chiese, meravigliato. «Lavoro, lavoro, lavoro. Non mi riposo mai!»

«Ma come, se chiude sempre il venerdì sera e non riapre fino a domenica mattina?» disse Alfie.

«Ah, ma quello non è un giorno libero» disse Mr Janáček. «Quello è lo Shabbat. Il giorno di riposo degli ebrei. Il venerdì sera ci sono le benedizioni da fare: Kalena accende le candele e recitiamo le preghiere. Non lavoriamo, ma siamo impegnati lo stesso. Non potrei aprire il negozio quel giorno. Ma la tua è un'offerta generosa, Alfie, e stai pur certo che ti terrò in considerazione quando arriverà il momento di ritirarmi.»

Alfie sorrise. Era soddisfatto. Guardò da sopra la spalla di Mr Janáček la bandiera appesa alla parete dietro il registratore di cassa. Era complicatissima, con una striscia rossa orizzontale in alto, una bianca al centro e due quadrati, uno rosso e uno verde, in basso. Su due emblemi spiccavano altrettante corone, messe una di fianco all'altra.

«Che cos'è?» chiese Alfie.

Mr Janáček si voltò per capire che cosa stesse guardando. «È una bandiera, che ti sembra?» disse.

«Ma non è la bandiera d'Inghilterra.»

«No, è la bandiera della mia patria. Dove sono nato e cresciuto. Praga è una città bellissima» aggiunse, e accarezzandosi il mento si perse a guardare le stringhe al limone. «Forse la più bella città del mondo. La città di Mozart e di Dvořák. La città dove sono stati rappresentati Figaro e il Don Giovanni per la prima volta. E se non hai mai attraversato il ponte Carlo sulla Moldava mentre il sole tramonta dietro il castello, allora non hai vissuto, amico mio. La visiterai un giorno, ne sono sicuro.»

Alfie lo guardava perplesso. Non aveva capito quasi niente di ciò che Mr Janáček aveva appena detto.

«Se Praga è così meravigliosa» chiese «perché si è trasferito a Londra?»

Il viso di Mr Janáček si aprì in un largo sorriso: ad Alfie non sembrava di averlo mai visto tanto felice. «Per il miglior motivo al mondo» spiegò. «L'amore.»

A quel punto, Alfie saltò giù dallo sgabello, salutò e uscì deciso dal negozio. Quell'argomento non lo interessava. L'amore era una cosa che si trovava nei discorsi dei grandi e nei libri che leggevano le ragazze (anche se Kalena non ne parlava mai; diceva che non poteva lasciarsi distrarre dall'amore o non sarebbe mai potuta diventare primo ministro), ma che ad Alfie non interessava affatto. Si ricordava che Mrs Janáček era molto carina per essere una donna anziana, ma faceva fatica a immaginare di potersi innamorare di lei.

Mrs Janáček era morta nel 1913, l'anno prima che la guerra cominciasse. Si era ammalata ed era dimagrita tantissimo, tanto che nel giro di poco non riusciva nemmeno più a uscire di casa. Margie andava a trovarla ogni giorno e Alfie la sentì raccontare a Georgie che si stava consumando, povera donna. Ben presto se ne andò e Mr Janáček e Kalena rimasero da soli. Alfie provò a chiederle che cosa fosse successo, ma lei gli disse che non voleva parlarne, non subito, e così lui si limitò a portarla ogni giorno fuori a giocare, anche quando lei non ne aveva voglia. Le raccontò tutte le sue peggiori barzellette, una delle quali, tre mesi dopo che la sua mamma era morta, la fece ridere a crepapelle, e da allora tutto sembrò tornare a posto.

Alfie non vedeva gli Janáček dalla primavera del 1915. A quel tempo, i giornali non parlavano d'altro che della guerra, e molti uomini di Damley Road, compreso il papà di Alfie, Georgie, stavano seguendo l'addestramento per diventare soldati, oppure combattevano già in Belgio o nel nord della Francia. Alcuni erano troppo giovani, ma continuavano a ripetere che si sarebbero arruolati nell'istante esatto in cui avessero compiuto diciotto anni. Altri tenevano la testa bassa e non dicevano niente perché non volevano partire.

Si era arruolato anche Leonard Hopkins del numero due, che aveva un banchetto da lustrascarpe a King's Cross e non andava mai a scuola, e spendeva ogni penny che guadagnava in ragazze e tonico per capelli. E lui aveva appena sedici anni.

«Non gli hanno chiesto niente, ho sentito dire in giro» confidò nonna Summerfield a Margie una sera, mentre Alfie cenava. «Ma in fondo, a quei sergenti reclutatori che importa? Manderebbero al macello qualunque agnellino. Leonard non ha ancora neanche iniziato a farsi la barba. È una vergogna, se vuoi sapere il mio parere.»

E poi c'era Joe Patience, l'obiettore del numero sedici, che naturalmente a quel tempo non era ancora un obiettore di coscienza. Secondo lui, era tutta un'idiozia, era solo una questione di terra e di soldi, per dare di più ai ricchi e tenere i poveri al loro posto; non gli importava un bel niente di quello che dicevano e facevano gli altri: lui non avrebbe mai imbracciato un fucile, non avrebbe mai indossato un'uniforme, e dato che non aveva mai desiderato vedere la Francia, non gli interessava neanche di non poterci andare.

Joe Patience faceva arrabbiare molte persone, ma, a

quel tempo, nel 1915, tutti si limitavano a urlargli contro quando iniziava a parlare di politica. Solo più tardi passarono a cose ben peggiori.

Quel febbraio, lo stesso giorno in cui Alfie ricevette una lettera in cui suo padre gli raccontava tutto sul campo di addestramento di Aldershot, Margie lo chiamò in cucina, dove stava contando gli spiccioli che aveva nel borsellino. In quel periodo passava a casa ancora buona parte del tempo, a lavorare a maglia dalla mattina alla sera, come la maggior parte delle donne di Damley Road, per spedire calze e maglioni agli uomini in un posto che lei chiamava il fronte.

«Ti va di fare una scappata per me da Mr Janáček, Alfie?» chiese. «Mi servono un paio di mele, un pacco di farina e il giornale di oggi. Controlla bene che sia l'ultima edizione. Avanza anche un penny per qualche caramella.»

Il viso di Alfie si illuminò all'istante. Il ragazzino prese i soldi e fece di corsa la strada fino da Mr Janáček. L'uomo era in piedi fuori dal negozio, con lo sguardo fisso, tremava ed era pallidissimo. Le vetrine erano in frantumi, c'erano schegge dappertutto, e sulla porta qualcuno aveva scarabocchiato tre parole con la vernice: Via le spie!

«Chi sono le spie?» chiese Alfie, perplesso. «E cos'è successo alle vostre vetrine? A proposito, avete le caramelle alla mela?»

Mr Janáček, che era sempre così amichevole, lo squadrò, ma non sorrise. Aveva le scarpe lucide come sempre. « Cosa ti serve, Alfie?» chiese, con la voce che tremava di rabbia e di paura.

«Un paio di mele, un pacco di farina e il giornale di oggi. Devo controllare bene che sia l'ultima edizione.»

«È meglio che tu vada al negozietto di Damley Park» disse Mr Janáček. «Non penso che aprirò oggi. Come puoi vedere, qualcuno ha rotto tutte le vetrine.» Votto tutte le vetvine.

«Chi è stato?» chiese Alfie, con il vetro che gli scricchiolava sotto i piedi.

«Ti ho detto di andare a Damley Park» disse Mr Janáček alzando un po' la voce. «Non ho tempo adesso.»

Alfie sospirò e si allontanò. Odiava andare al negozio di Mrs Besswort perché di lei raccontavano che rapisse i bambini, li cucinasse al forno e li mangiasse a cena infilandoli nel ripieno dello sformato. (Un amico di Alfie conosceva uno che aveva un cugino che aveva un vicino a cui era successa proprio questa cosa, e quindi era vera di sicuro.)

Quella non fu l'ultima volta che qualcuno distrusse le vetrine di Mr Janáček, ma lui tempo un paio di giorni le sostituiva sempre. Fino a quando, una sera, mentre Kalena giocava a campana appena fuori di casa, sui quadrati disegnati con il gesso sul marciapiede, e Alfie era seduto sul ciglio della strada a guardarla, arrivò un furgone dell'esercito, che si fermò proprio davanti al numero sei. Quando Mr Janáček aprì la porta, gli intimarono di seguirlo all'istante o sarebbero stati guai.

«Ma non ho fatto niente di male!» protestò.

«Sei un tedesco» urlò Mrs Milchin del numero sette. I suoi due figli più grandi erano già rimasti uccisi a Ypres e quello più giovane, Johnny, stava per compiere diciotto anni. (Nessuno vedeva Johnny da settimane; in giro si diceva che Mrs Milchin lo avesse spedito da sua cognata nelle isole Ebridi.)

«Non sono tedesco» disse Mr Janáček. «Sono di Praga. Lo sapete bene!» Zono di Pvaga. Lo zapete bene! «Non ci sono nemmeno mai stato, in Germania!»

Kalena corse da suo padre e lui la strinse tra le braccia. «Non ci porterete via!» urlò.

«Coraggio» dissero gli uomini dell'esercito. «Sarà meglio per voi se ci seguite senza fare storie.»

«Giusto, portatelo via. È una spia!» urlò Mrs Milchin. Adesso anche Margie era uscita di casa e osservava la scena sbigottita.

«Lasciateli stare» urlò correndo lungo Damley Road, per poi mettersi tra i soldati e gli Janáček. «Vi ha appena detto che non è tedesco, e poi sono ormai anni che vive qui. Kalena è nata in questa strada. Non sono una minaccia per nessuno.»

«Si faccia da parte, signora» disse l'uomo dell'esercito, facendo segno a un collega di aprire gli sportelli sul retro del furgone.

«Sei una traditrice, Margie Summerfield!» gridò Mrs Milchin. «Fare comunella con il nemico! Dovresti vergognarti!»

«Ma non ha fatto niente! Mio marito è un soldato» aggiunse, come se la cosa potesse tornare utile.

«Si faccia da parte, signora» ripeté l'uomo dell'esercito «o prenderemo in custodia anche lei.»

Seguì una serie di discussioni e ci vollero quasi venti minuti prima di riuscire a caricare gli Janáček sul furgone. Non li lasciarono nemmeno rientrare in casa o portarsi dietro qualcosa. Mr Janáček li implorò che gli dessero almeno il permesso di prendere una foto della moglie, ma gli risposero che tutto quello che potevano portare erano i vestiti che indossavano e nient'altro. Kalena corse dalla mamma di Alfie e le buttò le braccia al collo. Un soldato dovette trascinarla via a forza, mentre lei strillava e piangeva. L'ultima immagine che Alfie vide di loro fu Mr Janáček che singhiozzava sul retro del furgone e Kalena che, con lo sguardo fisso, guardava Alfie e lo salutava in silenzio con la mano da dietro il finestrino. Sembrava molto coraggiosa, e in quel preciso istante Alfie capì che un giorno la sua amica sarebbe davvero diventata primo ministro, e una volta eletta avrebbe fatto in modo che cose del genere non accadessero mai più.

Più tardi, quella sera, Margie gli spiegò cos'era successo. «Persone di particolare interesse, è così che le chiamano» gli disse. «Chiunque sia tedesco, russo, o dell'Impero austroungarico, se ho capito bene. È da lì che vengono gli Janáček. Forse se li portano via è per il loro bene.»

«Ma non è giusto» disse Alfie.

«No, ma li terranno al sicuro mentre c'è la guerra. Qualche mese all'Isola di Man. Non è poi così male, tutto sommato. In fondo, pensa a quanti danni ha subito il loro negozio. Era solo questione di tempo prima che quei vandali si accanissero direttamente su Mr Janáček in persona.»

Da allora, la casa al numero sei era rimasta vuota. Non era venuto a viverci nessuno e nessuno c'era mai entrato. Fino a che, un giorno, mentre Margie era seduta in salotto a contare i penny che aveva nel borsellino e a decidere se quella settimana dovesse pagare l'affitto, il carbonaio o il fruttivendolo (perché di pagarli tutti e tre non c'era verso, e forse neanche per due di loro aveva soldi a sufficienza), ad Alfie venne un'idea.

Uscì dalla porta sul retro e corse fino al numero sei, scavalcò il muro del cortile sul retro degli Janáček e ruppe il vetro della finestra della cucina con un sasso che aveva trovato vicino alla porta. Infilò una mano nel buco, tolse il chiavistello, tirò su la finestra, si arrampicò, entrò in casa scavalcando e si guardò intorno, alla ricerca dell'unica cosa che pensava potesse salvare la sua famiglia dalla fame e dallo sfratto.

La trovò nell'angolo del salotto, appoggiata sul pavimento accanto a una sedia a dondolo.

La cassetta porta lucidi di Mr Janáček.

Quando uscì, non aveva preso altro.

Tenete acceso il fuoco di casa

Keep the Home Fires Burning

Dicevano che per Natale sarebbe tutto finito, ma quattro Natali erano già trascorsi, un quinto era in arrivo, e la guerra ancora continuava.

Alfie aveva nove anni, ormai, e per sei giorni alla settimana, ogni mattina sua madre lo svegliava scuotendolo prima di andare al lavoro. Alfie non si era abituato a vederla lì in piedi nella penombra, con la divisa bianca da infermiera chiusa sul collo e stretta in vita, la cuffia sistemata con cura sul capo e i fitti riccioli biondi che sbucavano da sotto.

«Alfie» disse Margie, con il viso stanco e pallido per un'altra notte in bianco. «Alfie, svegliati. Sono le sei.»

Alfie grugnì e si girò dall'altra parte, tirandosi la coperta ruvida sulla testa; in quel modo, però, si scoprì i piedi. Aveva chiesto a Margie una coperta nuova, più lunga e più pesante, ma lei aveva risposto che non potevano permettersela, che erano tempi troppo duri per le spese superflue. In quel momento, Alfie stava sognando di essere su una nave diretta verso l'Africa settentrionale che era stata distrutta da una tempesta. Era riuscito a nuotare fino a un'isola deserta, dove si nutriva di noci di cocco e pesce, e affrontava ogni genere di avventure. Faceva sempre questo sogno quando leggeva Robinson Crusoe; ormai era la quarta volta che lo rileggeva. La sera prima era arrivato al punto in cui Robinson Crusoe e Venerdì osservano i cannibali avvicinarsi in canoa con tre prigionieri pronti per finire in pentola. Stava per scoppiare un grande combattimento; era una delle sue parti preferite.

«Alfie, non ho tempo di giocare» disse Margie. «Svegliati. Non posso uscire se prima non sei fuori dal letto.»

Il suo tono non lasciava scampo; un cambiamento che Alfie aveva notato in sua madre negli ultimi quattro anni era quanto fosse diventata dura. Non giocava più con lui, era sempre troppo stanca. Non gli leggeva più niente prima di andare a letto; non poteva perché doveva tornare in ospedale entro le otto per il turno di notte. Parlava tutto il tempo di soldi, oppure del fatto che non ne avevano abbastanza. Gli urlava contro per nessun motivo e un attimo dopo sembrava sull'orlo delle lacrime per aver perso la calma.

«Alfie, ti prego» disse togliendogli le lenzuola di dosso in modo che il freddo lo convincesse ad ubbidire. «Devi alzarti. Fallo per me.»

Alfie sapeva di non avere scelta, così si rigirò sulla

schiena, aprì gli occhi, e dopo un gigantesco sbadiglio si stiracchiò, per poi scendere dal letto in tutta calma. Solo quando i suoi piedi furono entrambi piantati sul pavimento, Margie si raddrizzò e annuì, soddisfatta.

«Era ora» disse. «Credimi, Alfie, non so perché dobbiamo ripetere questa sceneggiata tutte le mattine. Hai nove anni, ormai. Chiedo solo un po' di collaborazione. Adesso fai colazione, datti una lavata e fila a scuola. Io torno per le due, in tempo per preparare qualcosa di buono per cena. Cosa ti andrebbe?»

«Salsicce, fagioli e patatine» disse Alfie.

«Magari!» disse Margie, con una risata amara. (Non rideva più molto. Non come faceva quando diceva di voler scappare con il postino.) «Trippa e cipolle, purtroppo. È tutto quello che possiamo permetterci.»

Chissà perché gli chiedeva che cosa volesse mangiare, pensò Alfie, se poi tanto la sua risposta non contava nulla. Però era felice di sapere che l'avrebbe trovata a casa al rientro da scuola. Di solito tornava dal lavoro molto più tardi.

«Ceneremo un po' insieme» disse lei ammorbidendosi leggermente. «Purtroppo però sono di turno anche stanotte, quindi stasera dovrai cavartela da solo. Oppure puoi fare un salto da nonna Summerfield, se ti va. Non ficcarti nei guai, chiaro?»

Alfie scosse il capo. Aveva provato a convincerla a rinunciare ai turni di notte, ma non c'era riuscito. Le davano un quarto dello stipendio in più quando lavorava dopo le otto di sera e quel quarto, gli aveva spiegato, poteva fare la differenza tra conservare un tetto sopra la testa oppure no. Alfie aveva capito che era inutile prendersi la briga di riprovarci.

Margie lo guardò intensamente per un istante, allungando la mano per lisciargli i capelli, e mutò leggermente espressione. Non sembrava più arrabbiata. Pareva quasi che stesse ricordando com'erano le cose un tempo. Poi gli si sedette accanto sul letto e gli passò un braccio intorno alle spalle; Alfie si rannicchiò contro di lei e chiuse gli occhi, sentendo tornare il sonno.

Quando dopo un po' riaprì gli occhi, si voltò verso il punto in cui stava guardando sua madre, e si ritrovò così a fissare il ritratto incorniciato di suo padre Georgie, posato sul tavolo accanto al letto. In quella foto non indossava la divisa da soldato; anzi, era in piedi nel cortile della latteria con un piccolissimo Alfie sulle spalle, e un enorme sorriso stampato in viso; Mr Asquith, lì accanto, guardava l'obbiettivo con l'aria di chi avrebbe fatto volentieri a meno di un simile oltraggio. (Alfie diceva sempre che Mr Asquith era un cavallo altezzoso.) Non riusciva a ricordarsi quando fosse stata scattata, ma stava sul tavolo accanto al suo letto dal giorno in cui Georgie era partito per la caserma di Aldershot, quattro anni prima. Nonna Summerfield l'aveva messa lì quella sera stessa.

«Oh, Alfie» disse Margie, e dopo avergli dato un

bacio sulla testa si alzò e si diresse alla porta. «Faccio tutto ciò che posso per te, questo lo sai, vero?»

Una volta che fu uscita per andare al lavoro, Alfie scese al piano di sotto, corse fuori a prendere la paletta dietro la porta sul retro e la usò per raccogliere un po' di cenere accumulata alla base del fornello della cucina. Poi volò alla latrina in fondo al giardino, cercando di non badare all'aria gelida e di non far cadere neanche un granello di quella preziosa cenere. Odiava andare lì come prima cosa del mattino, soprattutto adesso, a fine ottobre, quando era ancora così buio e freddo, ma non poteva fare altrimenti.

Dentro si moriva di freddo. Mentre era seduto, sui suoi piedi strisciarono sette ragni diversi e una specie di scarafaggio ben pasciuto. Dietro le pareti di legno sentì lo zampettio dei topi e gemette quando si ricordò di essersi dimenticato i ritagli del giornale, che ogni sera preparava con meticolosità prima di andare a letto. Per fortuna, Margie li aveva già portati fuori, e dopo averci fatto un piccolo buco al centro li aveva appesi al gancio con un pezzo di spago, così non gli sarebbe toccato tornare dentro a prenderli.

Una volta finito, versò la cenere nella latrina, sperando che il letamaio che correva sul retro della casetta – il posto più brutto che avesse mai visto in tutta la sua vita – non si intasasse di nuovo. Era successo qualche mese prima, e Margie aveva dovuto farlo ripulire, al prezzo di due scellini, dagli uomini che passavano di notte a ritirare gli escrementi; dopo, per la paura di non avere più abbastanza soldi per l'affitto, si era seduta sulla poltrona sfondata davanti al camino e aveva pianto a non finire, continuando a sussurrare tra le labbra il nome di Georgie, come se lui potesse tornare e salvarli dallo sfratto.

Alfie tornò di corsa in casa, si lavò le mani e si sedette al tavolo della cucina, dove Margie aveva tagliato per lui due fette di pane, sistemandole su un piatto accanto a una piccola noce di burro e, con sua grande sorpresa, a un minuscolo barattolo di marmellata ricoperto da un velo di mussola legato con lo spago. Alfie lo fissò incredulo. Erano passati mesi dall'ultima volta che aveva assaggiato della marmellata. Sollevò il barattolo e lesse l'etichetta. Era scritta a mano, con il tratto spesso di una penna nera.

Uva spina.

A volte i genitori dei soldati in ospedale portavano dei pensieri alle infermiere; erano in genere regalini come questo, cose che avevano fatto con la frutta dei loro giardini o dei terreni che avevano in affitto. Di sicuro era così che Margie l'aveva avuta. Alfie si chiese se anche sua madre ne avesse mangiata un po' o se l'avesse conservata soltanto per lui, e così andò al lavandino, dove sua madre aveva lasciato, ancora da lavare, le stoviglie usate a colazione; tra queste, una tazza con dentro ancora un po' di tè. Un tempo, prima della guerra, Margie non avrebbe mai lasciato le cose in quel modo: le avrebbe sciacquate e capovolte sullo scolapiatti in attesa che Georgie le asciugasse. Alfie prese il piatto e lo esaminò. Di lato c'erano alcune briciole e il segno della condensa, dove il calore del pane abbrustolito si era scontrato con il freddo della porcellana. Guardò il coltello. Era quasi pulito. Lo annusò. Non sapeva di burro e non c'era traccia di marmellata. Se l'avesse presa, ne sarebbe rimasta un po' sulla lama.

L'aveva lasciata solo per lui.

Alfie riempì il bollitore, lo mise sul fornello, gettò dei legnetti sulle braci ancora ardenti all'interno e aspettò che fischiasse; poi si preparò una tazza di tè. Si sentiva sempre grande mentre aspettava che l'infuso di foglie fosse pronto. Non gli piaceva molto il gusto del tè, ma lo faceva sentire importante starsene seduto a tavola al mattino con davanti una tazza fumante, una fetta di pane abbrustolito e il giornale appoggiato contro la brocca del latte. Era così che faceva sempre Georgie. Prima di partire.

Charlie Slipton, del numero ventuno, non consegnava più i giornali. Era partito per la guerra nel 1917 ed era stato ucciso qualche mese dopo. Alfie aveva scritto il nome del paese in cui era morto sul suo taccuino, ma non riusciva ancora a pronunciarlo correttamente. Passchendaele. Ora i giornali li consegnava il fratello minore di Charlie, Jack, che aveva appena compiuto dieci anni e non parlava mai con nessuno. Alfie aveva provato a fare amicizia, ma alla fine aveva rinunciato quando aveva capito con chiarezza che lui preferiva essere lasciato in pace.

Guardare il giornale gli fece tornare in mente quel giorno orribile di un anno prima in cui avevano saputo della morte di Charlie. Era una domenica mattina e così sia lui che Margie erano a casa, quando qualcuno bussò alla porta. Margie stava infornando il pane e alzò lo sguardo, sorpresa. Si passò il dorso della mano sulla fronte, lasciandosi dietro una scia di farina. Non ricevevano molte visite. Nonna Summerfield aveva le chiavi e di solito entrava direttamente senza preoccuparsi più di tanto di chiedere permesso. Il vecchio Bill della porta accanto faceva sempre una sorta di *rat-a-tat-tat* sul legno, così sapevano che era lui. E naturalmente Mr Janáček e Kalena erano stati portati via, all'isola di Man. Alfie preferiva non sapere che cosa stesse accadendo loro da quelle parti.

«Chi sarà secondo te?» chiese Margie sciacquandosi le mani nel lavandino, ma quando poi andò l'ingresso, rimase in piedi davanti alla porta per un momento, come se potesse vedere attraverso chi ci fosse dall'altra parte. Alfie la seguì e, dopo un secondo, Margie si riscosse, liberò il catenaccio e aprì la porta.

Fuori c'erano due uomini, entrambi in divisa militare. Uno era piuttosto anziano, con i baffi grigi, un paio di occhiali e gli occhi azzurri. Indossava guanti di pelle molto eleganti, e se li stava giusto togliendo quando

Margie aprì la porta. L'altro era molto più giovane, e quella mattina facendosi la barba doveva essersi tagliato, perché c'era una goccia di sangue rappreso sulla sua guancia. Aveva i capelli rosso vivo che sbucavano da tutte le parti e sembravano pronti a ingaggiare una lotta con qualunque spazzola provasse a domarli. Alfie li guardò a bocca aperta. Non aveva mai visto una persona con i capelli tanto rossi prima di allora. Non ce li aveva così nemmeno Mr Carstairs, il suo insegnante alla Damley Road School, che tutti chiamavano "Pel di Carota" (anche se i suoi capelli erano in realtà più simili all'arancione bruciato).

«No» disse Margie, e senza distogliere lo sguardo dai due uomini si aggrappò alla porta d'ingresso, stringendo l'infisso così forte che le nocche della mano sbiancarono. «No» ripeté molto più forte questa volta. Alfie si domandò, perplesso, che cosa intendesse con quell'unica parola.

«Mrs Slipton?» disse l'uomo più anziano, quello con i baffi, mentre il militare dai capelli rossi rimase impettito a guardare sopra la spalla di Margie, fino a quando incrociò gli occhi di Alfie. Alla vista del ragazzo, cambiò espressione, e sul suo viso spuntò una grande tristezza; poi si morse il labbro e distolse lo sguardo.

«Come?» chiese Margie, con la voce che si impennò per la sorpresa di sentirsi chiamare con il nome sbagliato. Alfie si avvicinò a sua madre, e solo in quel momento si accorse che dall'altra parte della strada tutte le porte si erano aperte, e le donne che uscivano si portavano le mani al viso. La tenda del numero undici si scostò, e da dietro fece capolino nonna Summerfield, con lo sguardo fisso fuori dalla finestra, e le mani premute ai lati della testa. Mr Asquith passò trottando, con il giovane Henry Lyons seduto a cassetta. Henry non era capace di riempire una brocca di latte neanche a morire, lo dicevano tutti. Iniziava a versare dal bidone, e metà del contenuto finiva sulla strada. Ma la latteria aveva bisogno di qualcuno che facesse le consegne e Henry era sordo e quindi non era potuto partire per la guerra. Alfie aveva avuto la netta sensazione che Mr Asquith guardasse con insistenza verso di lui mentre passava, cercando con gli occhi alle spalle del ragazzo il suo vero padrone.

«Mrs Slipton, sono il sergente Malley» disse l'uomo. «Questo è il tenente Hobton. Possiamo entrare un momento?»

«No» disse Margie.

«Mrs Slipton, la prego» replicò lui in tono rassegnato, come se fosse abituato a questo genere di reazione. «Se potessimo entrare un attimo e sederci, allora...»

«Avete sbagliato casa» disse Margie, con le parole che le morivano in gola, poi barcollò, e si sostenne appoggiando una mano sulla spalla di Alfie. «Oh, Signore. Avete sbagliato casa. Come avete potuto fare una cosa del genere? Questo è il numero dodici. Voi state cercando il numero 21. Avete invertito i numeri.»

L'uomo più anziano la fissò per un attimo; poi la sua espressione cambiò trasformandosi in profonda costernazione, mentre il militare dai capelli rossi estraeva da una tasca un pezzo di carta e lo scorreva rapido con lo sguardo.

«Sergente» disse mostrandogli il foglio e indicando qualcosa.

Il sergente strinse le labbra, infuriato, e scoccò al collega più giovane un'occhiataccia, quasi volesse picchiarlo. «Cos'ha nella testa, Hobton?» sibilò. «Non sa leggere? Non può controllare prima di farci bussare a una porta?» Si voltò di nuovo e guardò Margie e Alfie, scuotendo il capo. «Sono desolato» disse. «Sono davvero, davvero desolato.»

A quel punto, i due si voltarono ma senza allontanarsi, e guardando a destra e a sinistra controllarono i numeri sulle porte delle altre case della via. Poi si avviarono verso il negozio di caramelle di Mr Janáček, dove le vetrine erano ancora sbarrate dalle assi da quando qualcuno, due anni prima, le aveva mandate in frantumi. Si leggevano ancora le tre parole scritte con la vernice bianca.

VIA LE SPIE!

Margie rientrò in casa, con il cuore in gola, ma Alfie rimase sulla soglia. Osservò i due soldati procedere lentamente lungo la via. Adesso ogni porta era aperta.

E fuori da ogni porta c'era una moglie o una madre. Alcune piangevano. Alcune pregavano. Alcune facevano no con il capo, sperando che quegli uomini non si fermassero da loro. E ogni volta che il sergente Malley e il tenente Hobton superavano una casa, la donna alla porta si faceva il segno della croce e rientrava veloce, sbattendo la porta alle sue spalle, per poi chiuderla con il chiavistello, nel caso i due uomini cambiassero idea e tornassero indietro.

Alla fine si fermarono davanti al numero ventuno, dove c'era la madre di Charlie, Mrs Slipton. Alfie non riusciva a sentire che cosa dicesse, ma la vide piangere e cercare di spingere via i soldati. Allungando le mani, diede persino uno schiaffo a quello con i capelli rossi, ma lui non parve prendersela. Il militare più anziano le si avvicinò e le sussurrò qualcosa, e a quel punto entrarono in casa e ci rimasero. Alfie si rese conto di essere rimasto l'unico in strada. Tutti gli altri erano tornati dentro, ringraziando la sorte che i due soldati non si fossero fermati alla loro porta.

Più tardi, Alfie sentì dire che Charlie era stato ucciso e si ricordò di quel pomeriggio quando Charlie gli aveva tirato una pietra in testa senza alcun motivo. Non era sicuro di che cosa avrebbe dovuto provare. Capì che era questo il problema con la guerra: rendeva tutto confuso.

Alfie non leggeva a fondo il *Daily Mirror*, ma gli piaceva scorrere i titoli, e quella mattina lo aveva preso per vedere che cosa succedeva nel mondo. Altre notizie sulla Marna: accadeva sempre qualcosa, da quelle parti. Dettagli su vittime e feriti da una città che si chiamava Amiens. Un resoconto su un discorso del primo ministro, Mr Lloyd George; Alfie non ne poteva più di leggere articoli sul primo ministro, perché sembrava tenere discorsi tutti i giorni.

E poi, alla fine, fece quello che faceva sempre la mattina. Andò a pagina quattro per leggere i numeri. Il numero dei morti dalla nostra parte. Il numero dei morti dalla loro parte. Il numero dei feriti. Il numero dei dispersi in azione. Ma c'era un unico numero che ad Alfie importava davvero: 14278. Il numero di suo padre. Il numero che gli avevano assegnato quando si era arruolato.

Fece scorrere il dito sulla lista.

14143, Smith, D., Fucilieri Reali
14275, Dempster, C. K., Reggimento Gloucestershire
15496, Wallaby, A., Seaforth Highlanders
15700, Crosston, J., Sherwood Foresters (Reggimento Notts & Derby)

Tirò un sospiro di sollievo, posò il giornale e bevendo un sorso di tè cercò di pensare ad altro. Sentì un brivido: la casa era sempre fredda. Margie metteva qualche pezzo di carbone sul fuoco la mattina appena alzata, ma diceva che non valeva la pena riscaldare tutta la casa: tanto c'erano soltanto loro due, e lei sarebbe stata al lavoro e lui a scuola.

«Sarebbe uno spreco di soldi» diceva. «No, possiamo sopravvivere a un po' di freddo la mattina. Quando torni da scuola, puoi accendere il fuoco per la sera. Metti solo qualche pezzo di carbone, però, e non esagerare con i legnetti, che la legna costa.»

Alfie finì di fare colazione, sparecchiò e lavò tutto quello che c'era dentro al lavandino: i piatti della colazione di Margie e i suoi. Li asciugò con uno strofinaccio – che appese al gancio accanto al fornello – e poi ripose tutto nella credenza. Prese le forbici e le lasciò sul giornale per poterlo ritagliare più tardi; le notizie di oggi erano la carta igienica di domani. Si guardò intorno e si chiese se i pavimenti avessero bisogno di essere spazzati, ma gli parvero abbastanza puliti. Ormai quello era uno dei mestieri di Alfie: teneva il posto in perfetto ordine e tirato a lucido. Così diceva Margie, almeno.

«Dobbiamo fare tutti la nostra parte» diceva. «Non te lo chiederei se avessi il tempo di farlo io.»

Ad Alfie non dispiaceva. Odiava il disordine.

Rimise il bollitore sulla stufa per riscaldare altra acqua, la versò nel lavandino e ci lasciò dentro il sapone di Marsiglia per un minuto perché si ammorbidisse. Poi si tolse il pigiama. Non l'avrebbe mai fatto se Margie fosse stata in casa; le avrebbe detto di restare fuori dalla cucina e avrebbe messo una sedia contro la porta giusto in caso si fosse dimenticata. Si diede una lavata veloce, sopra e sotto. C'era un asciugamano appeso vicino al camino, che usò per asciugarsi. Era ruvido, e Alfie odiava quella sensazione contro la pelle, ma era l'unico che avevano. Una volta finito, corse di sopra a vestirsi.

Era martedì, giorno di scuola. Alfie però non andava a scuola più molto spesso. E gli insegnanti non sembravano curarsene. Non facevano l'appello e non chiamavano mai le madri per informarle che i loro figli non si presentavano a scuola. Qualche volta ci andava, era chiaro, forse due volte a settimana. Di solito il lunedì e il giovedì. Il lunedì perché era il giorno in cui c'era Storia, e Alfie era molto interessato alla Storia, soprattutto quando si parlava di re e regine, e delle guerre combattute per la corona d'Inghilterra; e il giovedì perché avevano Lettura, e Alfie a leggere era il più bravo della classe, anzi, della scuola, e adorava sentire Mrs Jillson, la bibliotecaria, leggere un libro in classe o farlo girare in modo che tutti potessero leggerne una pagina o due. Mrs Jillson era vecchia come il cucco, ma faceva le vocine e lo stesso chiedeva ai ragazzi, una cosa che Alfie adorava.

Ormai gli insegnanti non erano più quelli di qualche anno prima. Un tempo, c'erano tanti uomini giovani a scuola. Erano spassosi e non rinunciavano mai a fare quattro tiri a calcio nell'intervallo per il pranzo. Ora, ovviamente, non ne era rimasto neanche uno, eccetto Mr Carstairs, che aveva le gambe malferme e camminava con le stampelle. A guardar bene, di uomini giovani in giro non ne era rimasto quasi nessuno, tranne Joe Patience, l'obiettore del numero sedici, a cui nessuno rivolgeva la parola. Neanche nonna Summerfield, che lo conosceva da quando era bambino e una volta aveva detto che lui per lei era come un secondo figlio, o che lei per lui era come una seconda madre: Alfie non si ricordava quale delle due. (Adesso non si poteva nominare il nome di Joe a nonna Summerfield senza farle perdere la calma. Un giorno Alfie, guardando dalla finestra, li aveva visti passare per strada; d'un tratto, la nonna aveva tirato a Joe uno schiaffo forte, dritto in faccia. Joe Patience! Che era l'uomo più gentile e socievole che si potesse incontrare!)

La scuola ormai era in mano ai vecchi. Alcuni erano stati insegnanti prima della guerra e dicevano che erano convinti di aver chiuso con tutte quelle fandonie, che volevano solo godersi un lungo e felice periodo di riposo. Persone come Mrs Jillson o Mr Flaker, il funzionario in pensione, o Mr Cratchley, il cui figlio un tempo insegnava nella scuola, ma che adesso era "laggiù", come ripeteva ogni giorno quando chiedeva agli studenti di recitare una preghiera per Cecil, perché era così che si chiamava il figlio. Cecil Cratchley. Qualcuno, invece, non aveva mai insegnato prima, ma non si poteva andare troppo per il sottile. Era così che diceva Mr Flaker. Di necessità, virtù.

E i vecchi erano i peggiori con la verga. I giovani

insegnanti di prima della guerra non la usavano spesso, ma Mr Flaker non finiva quasi mai una lezione senza aver bacchettato uno degli alunni. Mr Grace, che era stato valletto a Buckingham Palace fino a quando aveva compiuto sessantacinque anni, teneva perfino un bastone nella manica con un peso di metallo fissato all'estremità. Lo chiamava il bastone Excalibur. Quasi tutti lo avevano assaggiato in qualche occasione. Non che i ragazzi se ne lamentassero più di tanto: la maggior parte di loro a casa riceveva qualche ceffone anche per i motivi più insignificanti. Solo Alfie non era mai stato picchiato dai suoi genitori: Georgie e Margie sostenevano di non crederci, ma quando una volta ne fece cenno a Mr Grace, tornò a casa con il segno di Excalibur inciso a fondo sulla mano sinistra, come punizione per la sua sfrontatezza.

Quel giorno, tuttavia, non era lunedì e non era giovedì, quindi non ci sarebbe stata Storia e neanche Lettura, e così Alfie, dopo essersi vestito di tutto punto, frugò dietro l'armadio e prese la cassetta porta lucidi che teneva nascosta lì. La posò sul tappeto e aprì il coperchio con cura. L'odore pungente dei due barattoli di lucido si diffuse nell'aria e Alfie controllò che dentro ci fosse tutto quello che gli serviva: le sue spazzole, i guanti per lucidare, i vasetti di lucido, il calzascarpe, la spazzola di crine e il balsamo per il cuoio. Controllò di avere abbastanza di tutto, ma aveva fatto rifornimento usando i suoi risparmi il venerdì precedente, quindi sarebbero passate almeno due settimane prima di dover ricomprare qualcosa. Quando si convinse di avere tutto l'occorrente, chiuse la scatola, scese al piano di sotto, si assicurò di non avere il viso sporco, perché aveva imparato che gli affari andavano meglio quando era ben pettinato e con la faccia pulita, indossò il cappotto e la sciarpa e uscì in quella fredda mattina di ottobre.

Alfie Summerfield era l'uomo di casa ormai. E doveva guadagnarsi da vivere.

Il tuo re e la tua nazione vogliono te

Your King and Country Want You

La cassetta porta lucidi era marrone scuro, di mogano. Era lunga il doppio di quanto era larga, e aveva un fermaglio color oro per assicurare il coperchio alla base; una volta aperta, rivelava tre scomparti.

Nel primo c'erano due spazzole di crine di cavallo, una nera e una marrone, con i manici ricurvi per una presa migliore; nel secondo, quattro panni per lucidare e un paio di spugne a tampone; nel terzo, due barattoli di lucido, che erano quasi pieni quando Alfie aveva trovato la cassetta. All'interno, su un fianco, c'era intagliata la parola Holzknecht, insieme all'emblema di un'aquila in volo sopra una montagna, con le ali spiegate, minacciosa. Agganciato sotto il coperchio c'era un poggiapiedi, che poteva essere estratto e, una volta richiusa la cassetta, inserito grazie a due sottili scanalature sulla parte superiore. Serviva a far appoggiare il piede al cliente mentre si faceva lucidare le scarpe.

Quando Alfie aveva portato la cassetta nella sua stanza per la prima volta, era rimasto a fissarla a lungo, accarezzando l'elegante lavorazione del legno per poi annusare con cautela il lucido, che gli aveva procurato un fastidioso solletico al naso. Aveva già visto cassette simili, naturalmente, ma mai raffinate e ben tenute come quella di Mr Janáček. Pochi giorni dopo essersi arruolato, suo padre lo aveva portato a King's Cross (gli aveva detto che andavano lì a guardare i treni, ma non era quella la vera ragione) e lì, in un angolo vicino alla biglietteria, Alfie aveva visto Leonard Hopkins, del numero due, lucidare le scarpe dei passanti per un penny. Sembrava però che gli ci volesse una vita a lucidare ogni scarpa, anche perché ogni volta che passava una ragazza carina, Leonard rimaneva imbambolato a guardarla, e si riscuoteva solo quando il cliente gli batteva sulla testa.

Le ultime notizie dicevano che Leonard era di stanza appena fuori Bruges. Era stato in un ospedale da campo per tre mesi, ma poi l'avevano rispedito in servizio attivo. Non aveva ancora diciassette anni. Una sera, Alfie aveva accennato a Mr Janáček del lavoro che si era trovato Leonard, e il padre di Kalena aveva riso, dicendo che il problema con gli inglesi era che volevano sempre qualcuno che li servisse. I ricchi avevano i loro valletti, i lacchè, le governanti, le cameriere; i poveri non potevano concedersi quei lussi, quindi si accontentavano di avere qualcuno che lucidasse loro le scarpe. Li faceva sentire importanti.

«Ma ci sono cose che ci si può fare da soli, Alfie»

aveva dichiarato Mr Janáček con una scarpa in una mano e una spazzola nell'altra. «E questa, mio giovane amico, è una di quelle.»

Esaminando con attenzione la cassetta, Alfie si disse che doveva appartenere alla famiglia di Mr Janáček da molto tempo, come una sorta di cimelio di famiglia, e che quasi sicuramente Mr Janáček l'aveva portata con sé a Londra quando aveva lasciato Praga per il miglior motivo al mondo: per amore. Forse lui per primo l'aveva usata per guadagnare qualche spicciolo prima di aprire il negozio di caramelle, o forse l'aveva tenuta soltanto per lucidarsi le scarpe. Del resto, Mr Janáček era sempre in perfetto ordine; era famoso in Damley Road per il suo aspetto azzimato.

«È il suo sangue europeo» disse Margie a Mrs Milchin e Mrs Welton un pomeriggio, mentre finiva di stirare per Mrs Gawdley-Smith, che viveva in una di quelle case eleganti non lontane da Henley Square. (Margie aveva iniziato a farle il bucato per due penny a ritiro. "Ogni cesto lavato, Alfie, è una cena in più sulla tavola per noi due.") «Sul continente, gli uomini ci tengono al loro aspetto.»

«Oh, se avessi vent'anni di meno e Fred guardasse da un'altra parte» disse Mrs Welton con una risata, mentre Mrs Milchin scuoteva il capo e faceva una smorfia, come se avesse appena bevuto un sorso di latte inacidito.

«Non mi piacciono gli uomini così ordinati. Se volete sapere il mio parere, non c'è da fidarsi di quel Mr

Janáček.» Ma a ben guardare, Mrs Milchin ce l'aveva con lui già da tempo, per via del suo accento. Era fatta così. Non le piacevano gli stranieri.

Alfie preferiva considerare quello della cassetta un prestito, più che un furto. Sapeva che rubare era una brutta cosa. David Candlemas, del numero tredici, era quasi andato in prigione per aver rubato il carbone dal capanno sul retro della casa degli Scutworth, uno scandalo che aveva infiammato Damley Road per settimane. Alfie però era sicuro che Mr Janáček avrebbe approvato quello che stava facendo e promise a se stesso che avrebbe restituito la cassetta al termine della guerra, quando Kalena e suo padre fossero finalmente tornati al numero sei.

Se mai quel giorno fosse arrivato.

Qualche tempo dopo, Margie entrò in casa con un'aria preoccupata e gli spiegò che aveva qualcosa di importante da dirgli. Andarono in salotto, dove Alfie le si sedette di fronte, con le mani sulle ginocchia, piegato in avanti, in attesa.

«Alfie» disse Margie senza guardarlo negli occhi, ma fissando il camino. Per molto tempo non aggiunse altro; Alfie però decise che non avrebbe parlato fino a quando non lo avesse fatto lei. Temeva quello che lei stava per dirgli e sentiva già le lacrime farsi strada in fondo agli occhi. «Ho alcune notizie per te» disse la mamma alla fine.

«Sono buone?» chiese Alfie.

«Be', non sono cattive» rispose lei. «Sono solo notizie, tutto qua. Informazioni.»

«Riguardano papà?»

Margie si voltò di scatto verso di lui, e questa volta i loro sguardi si incrociarono. Erano passati quasi tre anni da quando Georgie era entrato in quella stessa stanza con la sua divisa da soldato e Margie era uscita di corsa piangendo, mentre nonna Summerfield dichiarava che era la fine, era la fine per tutti.

«No, non riguardano tuo padre» disse Margie scuotendo il capo. «Alfie, ne abbiamo già parlato altre volte. Tuo padre è in missione segreta per il governo, te l'ho detto. È per questo che non può più mettersi in contatto con noi. Ed è per questo che non ci scrive e noi non possiamo scrivere a lui.»

Papà è morto, pensò Alfie.

«Credevo l'avessi capito ormai» continuò Margie alzando un po' la voce, e intanto Alfie serrava la mascella, stringendo forte i denti. Papà è morto. Chiuse gli occhi e nella mente sentì il fischio di un treno che entrava in stazione; il rumore dei motori sovrastava le parole della mamma... papà-è-morto-papà-è-morto-papà-è-morto... Vedeva le labbra di sua madre muoversi, per cui gli stava ancora parlando, sapeva che era così, ma non riusciva a sentirla. Aveva bloccato ogni suono che proveniva dall'esterno e le uniche cose che riusciva a sentire erano quelle tre parole, che si ripetevano ancora e ancora nella sua testa.

«Alfie, smettila!» gridò Margie togliendogli le mani da sopra le orecchie. Lui aprì gli occhi e deglutì con forza. «Cosa c'è? Dimmelo.»

«Stavo pensando a una cosa, tutto qua.»

«E a cosa stavi pensando?»

«A papà.»

Margie sospirò. «Alfie, se vuoi parlare di tuo padre, parliamo di tuo padre. Vuoi?»

«Dimmi la verità su di lui.»

«Ti ho già detto la verità.»

«Non sono un bambino» insistette Alfie. «Dimmi la verità.»

Margie esitò; per un istante parve davvero sul punto di dirgli la verità, ma il rumore degli zoccoli di Mr Asquith che passava lungo Damley Road, insieme a quel suo modo di girare automaticamente la testa mentre superava il numero dodici, li distrasse, e Alfie capì che fare altre domande non sarebbe servito a niente.

«Ti ascolto. Cosa volevi dirmi?» disse alla fine.

Margie scrollò il capo. «Oh, Alfie» sospirò. «Non credo di averne l'energia, adesso.»

«Dai, dimmi» insistette lui.

«Ho un lavoro» disse stringendosi nelle spalle. «In ospedale. Diventerò un'infermiera militare, un'infermiera della regina.»

«In che senso?» le chiese Alfie corrugando la fronte.

«I giornali li leggi. Lo so che lo fai» disse lei, senza

immaginare che Alfie guardava il giornale ogni giorno solo per leggere i numeri.

14728.

«Ci sono tanti soldati che tornano dal fronte con ferite terribili» continuò Margie. «E c'è bisogno di sempre più infermiere che si prendano cura di loro. Devo fare la mia parte, Alfie, lo capisci, vero? Ho sempre desiderato trovare qualcosa in cui fossi brava. E forse è questo quel qualcosa. Penso a tuo padre e...» Esitò e si morse il labbro, poi scosse il capo, e cambiando tono disse: «Posso rendermi utile, Alfie. Lo capisci anche tu, vero? Più persone si rendono utili, più in fretta la guerra finirà.»

«La guerra non finirà mai» gridò Alfie piegandosi in avanti sulla sedia. «Continuerà per sempre.»

«Questo non è vero» disse Margie. «Dovrà finire un giorno. Le guerre finiscono sempre. Le nuove guerre non possono cominciare se prima non finiscono quelle vecchie» aggiunse abbozzando un sorriso; Alfie però non era in vena di battute. «Mi hanno offerto sei settimane di addestramento in ospedale, e alla fine di quel periodo, un lavoro. Farò i turni, purtroppo, quindi per qualche tempo ci saranno un po' di cambiamenti qui a casa. Dovrai badare a te stesso ancora un po' di più. Puoi farcela, vero? E comunque nonna Summerfield è di là dalla strada, se vuoi andare da lei.»

Alfie ci pensò. Non gli piaceva molto l'idea di badare a se stesso. Voleva che le cose tornassero com'erano prima, quando Georgie e Margie si occupavano di lui e nonna Summerfield passava sempre per un po' di pettegolezzi, e il vecchio Bill Hemperton della porta accanto faceva *rat-a-tat-tat* sulla porta e gli dava mezzo penny per andare a comprargli il giornale, e Kalena Janáček era ancora la sua migliore amica e non una persona d'interesse speciale, che doveva essere portata via e internata.

«Ci servono i soldi, Alfie, è questa la verità» disse Margie rompendo il silenzio.

«Ma hai già il bucato» ribatté Alfie.

«Non ricordarmelo. Dovrò fare tutto durante il giorno, tra un turno e l'altro.»

«E quando dormirai?»

«Oh, dormirò quando...» Si interruppe di colpo e le guance le diventarono rosso scarlatto. «Non ho altra scelta, Alfie. Sono tempi duri, lo sai anche tu.» Esitò e poi alzò la voce, esasperata: «Non abbiamo soldi, Alfie! Ce la facciamo a malapena così. Nonna Summerfield ha detto che possiamo andare a vivere da lei, ma io non voglio. Questa è casa nostra e finché avrò fiato in corpo non lascerò che te la portino via, dopo tutto quello che hai già perso. E comunque, come farei a comprarti le caramelle senza un lavoro?» Sorrise, sperando che anche lui facesse lo stesso.

«Non mi servono le caramelle» disse Alfie. «Posso farne a meno. E poi ormai non se ne trovano tante. Quasi nessun negozio ce le ha più.»

«Ma ci serve il cibo» disse lei a quel punto. «Alfie, siamo pericolosamente prossimi alla penuria. Pericolosamente prossimi.»

Alfie sgranò gli occhi. Non aveva idea di cosa volesse dire pericolosamente prossimi alla penuria, ma non sembrava nulla di buono.

«Con il lavoro, il bucato di Mrs Gawdley-Smith e forse qualche turno di notte in più, riusciremo a mangiare. Altrimenti, no. Semplice. Il cibo non cresce sugli alberi.»

«In realtà sì» disse Alfie. «Almeno una parte. Il resto cresce nella terra.»

Margie sorrise, addirittura rise un po', e Alfie ne fu felice: era da tanto che non faceva ridere sua madre. «Sì, è vero. Ma hai capito cosa intendo.»

Alla fine parlarono a lungo dell'ospedale e di quante ore avrebbe dovuto lavorare, e Alfie promise che non si sarebbe messo nei guai e sarebbe andato a scuola tutti i giorni, un segno, secondo Margie, del fatto che stava crescendo.

«Diventerai un brav'uomo un giorno, Alfie Summerfield» gli disse dandogli un bacio sulla fronte. «Proprio come tuo padre. Sarebbe orgoglioso di te, se adesso fosse qui con noi.»

Ma ovviamente lui non era lì con loro. Non scriveva, non mandava telegrammi, non tornava in licenza come Jack Tamorin del numero venti o Arthur Morris del numero diciotto. Margie continuava a dire che la missione segreta di suo padre avrebbe fatto finire la guerra più in fretta, ma Alfie non le credeva.

Sapeva che suo padre era morto.

Alfie aveva rubato la cassetta porta lucidi di Mr Janáček per un solo motivo: andare a lavorare come Leonard Hopkins e dare una mano alla mamma. Lei stava facendo la sua parte, era tempo che anche lui facesse la propria.

La mattina dopo era un mercoledì, quindi non era necessario andare a scuola. (In fondo, quel giorno non c'erano né Storia né Lettura). Dopo aver aspettato che Margie uscisse per la sua prima settimana di addestramento in ospedale, Alfie estrasse la cassetta dall'armadio, la aprì e controllò che tutto fosse ancora al suo posto. Quindi si lavò, si vestì, fece colazione e uscì di casa.

Damley Road era a pochi passi da King's Cross e Alfie percorse quelle vie familiari passandosi la cassetta dalla mano destra a quella sinistra ogni volta che diventava troppo pesante. Si sentiva un po' un uomo di mondo, un lavoratore, proprio com'era stato suo padre un tempo, quando si alzava presto per portare in giro il carro del latte. Incrociando gli altri lavoratori per strada, gli venne quasi da toccarsi il cappello per salutarli, ma alla fine si trattenne, per non fare la figura dello stupido.

Appena entrò in stazione si sentì sopraffare da una grande ondata di emozione. L'ultima volta che era stato lì – l'unica volta che era stato lì – era stato quando ce lo aveva accompagnato Georgie, qualche giorno dopo essersi arruolato. La stazione era molto affollata quel giorno. C'erano strilloni dappertutto (si diceva che durante il mese di luglio del 1914, le tirature dei giornali fossero sestuplicate perché tutti volevano sapere che cosa li aspettava), e centinaia di persone che salivano e scendevano dai treni. Il rumore dei motori a vapore era assordante e la stazione stessa era piena di smog, fitto quanto la nebbia che regolarmente calava su Londra. Georgie non indossava la divisa da soldato quel giorno. Era rimasta a casa, appesa nell'armadio. Non l'aveva più messa da quando era entrato in salotto, sorprendendo tutti.

«Sai» aveva detto Georgie in piedi nell'atrio, guardando i binari, ammirando il soffitto altissimo della stazione, ascoltando i fischietti dei controllori. «Un tempo pensavo che mi sarebbe piaciuto diventare macchinista. Avevo fatto domanda di assunzione per la linea Londra-Edimburgo, ma non mi hanno preso.»

«Perché no?» chiese Alfie guardandolo.

«Dissero che non ero idoneo» rispose lui scrollando le spalle. «In che senso, poi? Si danno un sacco di arie, quei ferrovieri. Solo perché indossano una divisa, pensano di essere migliori degli altri. Ma non è così.»

«Anche tu indosserai una divisa adesso» disse Alfie, e Georgie rise e gli scompigliò i capelli, anche se Alfie non voleva fare una battuta.

«Già, pare di sì» disse il papà. «Un attimo, ora...

visto che siamo qua, c'è qualcosa di cui devo occuparmi.»

Si incamminarono verso la biglietteria, dove in attesa c'era una fila lunghissima di persone. In fondo alla coda, però, c'erano tre banchetti allineati su una banchina, senza inferriata davanti. Ogni banchetto era presidiato da un ufficiale, chino su un libro mastro ad annotare qualcosa accanto alle varie voci.

«Salve» disse Georgie all'uomo del tavolino al centro, accendendosi una sigaretta. Era un po' più vecchio di lui e aveva i capelli scuri con la riga di lato; si era messo così tanta brillantina che i denti del pettine avevano lasciato i solchi come in un campo arato di recente. Alfie sentì un fischio di ammirazione e si voltò: Leonard Hopkins, inginocchiato accanto alla sua cassetta da lustrascarpe, si mangiava con gli occhi una ragazza, che si voltò sorpresa e sorrise, prima che sua madre la trascinasse via.

«Mi dica» disse l'uomo dietro il banchetto.

«Georgie Summerfield» disse Georgie. «Mi è stato detto di venire qua per organizzare il mio trasferimento.»

«Sei una nuova recluta, giusto?»

«Proprio così.»

L'uomo dietro il banchetto annuì, ma si fece molto serio. Scoccò uno sguardo agli uomini di fianco a lui, che dopo essersi scambiati un'occhiata divertita, scossero il capo e tornarono ai loro libri mastri.

«Bene, figliolo» disse l'uomo nel mezzo. «Sei nuovo e quindi suppongo che tu non sappia come funzionano le cose da queste parti. Cominciamo da quelle importanti: via quella sigaretta dalla bocca e spegnila subito.»

Georgie fissò l'uomo e Alfie fissò Georgie. Qualcosa sul viso di suo padre cambiò: in un attimo si era reso conto che la vita non sarebbe più stata la stessa di qualche giorno prima. Gettò la sigaretta per terra come gli era stato detto e la schiacciò con il tacco dello scarpone. Alfie notò che gli tremavano leggermente le mani.

«Adesso ben dritto e sguardo in avanti, da bravo. Non sei un animale nella giungla. Portamento. Sempre e dovunque, portamento.»

Georgie corresse la sua posizione, raddrizzandosi bene, portando indietro le spalle e puntando lo sguardo dritto di fronte a lui. Al suo fianco, Alfie lo imitò. Con la testa arrivava alla vita di suo padre.

«Così va meglio. Adesso daccapo, eh? Credo che intendessi dire: Buon pomeriggio, signore.»

«Sissignore» disse Georgie.

«Com'era il nome?»

«Georgie Summerfield.»

Il sergente inarcò un sopracciglio e appoggiò la penna sul tavolo, fissando il padre di Alfie con un'espressione irritata.

«Georgie Summerfield, signore» bisbigliò Alfie.

«Georgie Summerfield, signore» ripeté Georgie in tono calmo e rassegnato.

Il sergente annuì e sfogliò le pagine di un libro, facendo scorrere il dito su una lista di nomi. «Damley Road?» chiese alzando lo sguardo.

«Esatto, signore.»

«Sei fortunato, Summerfield. Hai ancora qualche giorno. Mercoledì mattina. Alle otto. Trasferimento da Liverpool Street. Caserma di Aldershot. Addestramento di base per otto settimane. Porta questo con te quella mattina» e gli allungò un biglietto. «Troverai il tuo gruppo al binario quattro. 14278. È il tuo numero. Non fare tardi, mi raccomando. Per noi sarebbe diserzione.»

«Stia tranquillo, signore.»

Il sergente rivolse lo sguardo ad Alfie. «E chi è questo tipetto?» chiese.

«È il mio ragazzo, signore. Alfie.»

«Sei orgoglioso del tuo vecchio, vero, Alfie?» chiese il sergente, ma Alfie non aprì bocca. «Be', lo sarai» continuò, liquidandoli entrambi. «Un giorno.»

«Pensavo che fossimo venuti a guardare i treni» disse Alfie quando si riavviarono verso casa.

«È quello che abbiamo fatto» ribatté Georgie.

«Non è vero» disse Alfie sfilando la mano da quella di suo padre, e continuarono a camminare.

Da quel giorno, Alfie non era più tornato a King's Cross. Adesso che ci era entrato per la seconda volta si guardò intorno, cercando di ricordare il punto in cui era seduto il sergente; i banchetti però non c'erano più, anche se la biglietteria era rimasta al suo posto. Nell'atrio della stazione passavano molti soldati. Alcuni erano radunati in gruppetti vicino alla sala da tè, con gli zaini per terra accanto ai piedi. Altri scendevano dai treni e cercavano con lo sguardo un viso conosciuto. C'era sempre quel brutto rumore ritmato dei motori... papà-è-morto-papà-è-morto-papà-è-morto... e Alfie si chiese come facessero le persone che lavoravano lì a sopportarlo.

Notò un giovane soldato, in piedi al centro di una banchina, con una sacca sulle spalle e una profonda cicatrice rossa lungo il viso. Doveva avere più o meno vent'anni, si disse Alfie, e un'espressione in volto difficile da definire: sembrava quasi che avesse visto un fantasma ma non sapesse come dirlo in giro, per paura che lo rinchiudessero gettando via la chiave. Un attimo dopo, due persone più anziane, un uomo e una donna – di certo i suoi genitori, pensò Alfie – corsero verso di lui. Quando li vide, lo zaino gli cadde dalle spalle e il suo viso mutò. Barcollò come se stesse per accasciarsi a terra, ma prima che potesse succedere suo padre e sua madre gli furono al fianco e lo sostennero, e lui scoppiò a piangere sulle loro spalle, singhiozzando forte, mentre l'uomo e la donna lo circondavano in un doppio abbraccio, proteggendolo dal mondo, accarezzandogli i capelli e sussurrandogli nelle orecchie. Quando si incamminarono verso l'uscita, il ragazzo rimase nel mezzo, e i tre si strinsero l'uno all'altro quanto più possibile senza restare aggrovigliati. Il braccio del padre era intorno alla spalla del figlio; la madre lo teneva forte per la vita. Alfie li osservò a lungo, fino a quando si disse che non stava bene fissare in quel modo gli altri e volse lo sguardo altrove.

Si guardò intorno e sorrise: non c'erano altri lustrascarpe a King's Cross. Leonard Hopkins se n'era andato da tempo e nessuno, a quanto pare, lo aveva rimpiazzato. Alfie scelse un punto accanto a un pilastro che era grossomodo equidistante dalla biglietteria alla sua sinistra, i binari sulla destra e la sala da tè nell'angolo, e si sedette per terra; poi aprì la cassetta di Mr Janáček, tirò fuori le spazzole, i panni, i tamponi e i lucidi e richiuse il coperchio. Si tolse il berretto e lo posò al rovescio sul pavimento accanto a lui, e dopo averci gettato dentro qualche spicciolo che aveva in tasca – tre monete da mezzo penny – per far sembrare che avesse già cominciato, alzò lo sguardo e gridò a squarciagola:

«Lustrascarpe! Venite a lucidare le vostre scarpe!»

Quel giorno, tornato a casa trovò Margie che faceva un sonnellino in salotto; sembrava esausta. Corse di sopra nella sua stanza e nascose la cassetta in fondo all'armadio, per poi tornare in cucina e lavarsi le mani con il sapone di Marsiglia. Quando ebbe finito, provò ad annusarle, ma sapevano ancora di lucido, così le strofinò ancora. Non migliorò di molto, ma non poteva farci niente: al momento, più di così non poteva pulirle. Gli faceva un po' male la schiena per essere stato piegato tutto il giorno e aveva anche i muscoli delle braccia indolenziti. Ci sarà pure stata una guerra in corso, ma esisteva ancora un sorprendente numero di persone che ci teneva all'aspetto delle proprie scarpe.

Si guardò intorno e vedendo la scena ebbe un tuffo al cuore. Tutte le sedie erano ricoperte dalle federe di Mrs Gawdley Smith, mentre sui fili della biancheria in cortile erano stese le lenzuola e buffi indumenti intimi. Margie non avrebbe mai potuto sentire l'odore del lucido sulle sue mani: l'intera casa profumava troppo di lavanderia.

Trovò il borsellino di sua madre nella borsa appoggiata in un angolo e ci guardò dentro. Non c'erano molti soldi. Alfie si infilò una mano in tasca, prese tutte le monete che aveva guadagnato quel giorno e ne fece cadere una buona parte nel borsellino, abbastanza da renderla felice quando le avesse trovate, ma non così tante da insospettirla, e chiedersi da dove fossero saltate fuori. Poi riportò il resto nella sua stanza e lo nascose in una scatola in fondo al cassetto delle calze, per i momenti difficili. Infine, crollò sul letto e chiuse gli occhi.

Non era ancora sera, fuori c'era il sole, ma Alfie dormiva sul suo letto, mentre Margie russava nella poltrona sfondata davanti al camino.

Non era mai successo prima che la guerra cominciasse.

Finirà ’sta sporca guerra

When This Lousy War Is Over

Alfie iniziava a lavorare alle otto del mattino, perché a quell’ora King’s Cross era particolarmente affollata. Si sistemava nel solito punto, con un occhio ai binari, alla biglietteria e alla sala da tè, avvicinava un sedile per i suoi clienti, gettava il berretto rovesciato per terra e si guardava intorno per la prima lucidata del giorno. Mentre aspettava, tirava fuori Robinson Crusoe dalla tasca e riprendeva a leggere da dove aveva interrotto la sera prima. I bordi si erano qui e là rovinati con il tempo, la carta era un po’ lacera, ma le parole erano tutte intatte.

«Ciao, Alfie!»

Alzò lo sguardo: in piedi davanti a lui c’era Mr Podgett, il direttore di una banca lì vicino che si faceva lucidare le scarpe ogni settimana.

«Salve, Mr Podgett» lo salutò Alfie.

«Il solito, grazie» disse l’uomo, e sedendosi aprì il giornale. Nel frattempo mise un piede sul poggiapiedi e si lasciò sfuggire un grande sospiro infastidito. Alfie diede un'occhiata alle sue scarpe marrone scuro; erano un po' impolverate sulle punte e avevano parecchi segni rispetto alla settimana prima. «Freddo stamattina, vero? Be', del resto, siamo quasi a novembre. Non ci si può certo aspettare un'ondata di caldo.»

Alfie estrasse il panno per spolverare e pulì la scarpa sinistra di Mr Podgett strofinandola per bene; poi immerse il panno per lucidare nella lattina di lucido e ne stese uno strato uniforme sulla superficie della scarpa; infine, prese la spazzola di crine di cavallo marrone e la passò con energia sulla zona pulita. L'odore del lucido non gli dispiaceva: gli ricordava quando correva al numero sei per giocare con Kalena. Casa sua aveva sempre quell'odore.

«Notizie migliori oggi» disse Mr Podgett, mentre dava una scorsa ai titoli. «Sembra che le cose stiano prendendo una buona piega. Forse questa dannata guerra finirà presto, dopotutto. L'ho detto a Mrs Podgett stamattina. Mrs Podgett, le ho detto, penso che tra qualche mese vedremo la fine. Certo, lei sostiene che lo dico spesso e che poi le mie parole non si avverano mai, e forse ha ragione. Questa volta però ne sono proprio convinto.»

Alfie non disse nulla. Sapeva per esperienza che Mr Podgett preferiva parlare e parlare senza essere interrotto. Era meglio stare zitti, e rispondere solo a sue esplicite domande.

«Nostro figlio, Billy, è ancora laggiù, naturalmente» aggiunse un attimo dopo. «Ti ho parlato di Billy, vero?

È da qualche parte in Belgio con il suo battaglione. Il posto non si può dire, naturalmente. È tutto segreto, segretissimo, super segreto. Ha più di trecento uomini sotto il suo comando, da non crederci. È sempre stato molto responsabile e coscienzioso, anche da ragazzo, naturalmente. Non ci ha mai dato un solo motivo di preoccupazione. Immagino che anche tu sia così, vero, Alfie? Un vanto per la tua famiglia.»

«La mamma dice che sono un bel discolo» rispose Alfie.

«Be', sono sicuro che non lo fai apposta. Ma Billy è sempre stato ben educato e quindi non è certo una sorpresa che alla fine si sia guadagnato una tale responsabilità. Certo, c'è stato quell'incidente quando siamo andati in Cornovaglia a trovare la zia Harriet e Billy si è cacciato in quella tremenda rissa con il ragazzo dei Cattermole, ma è stata una cosa da nulla, quella, io l'ho sempre detto, per cui non bisognava lasciare che scatenasse tutto quel putiferio. In fondo, il ragazzo si è rimesso. Sarà rimasto in ospedale un paio giorni al massimo. E quanto alla ragazza, quella che diceva di aver visto tutto, be', era una poco di buono, si sapeva. Circolavano certe voci sul suo conto, non ti dirò che tipo di voci, Alfie, in virtù delle tue giovani orecchie, ma siamo onesti, non c'è fumo senza arrosto, giusto? Ed è difficile non immaginare che stesse giocando a metterli l'uno contro l'altro. Sei mai stato in Cornovaglia, Alfie?»

«No, signore» disse Alfie.

«Una bellissima parte di mondo. Dove vai in vacanza, allora? Nel Lake District? In Galles? Da qualche parte al nord?»

Alfie soffocò una risata. A volte gli adulti facevano domande davvero stupide. Non era mai stato in vacanza in vita sua. Non era nemmeno del tutto sicuro di che cosa si facesse in vacanza. Le stesse cose che si facevano gli altri giorni, solo in un luogo diverso? Se la sua famiglia fosse andata in vacanza, ci sarebbero state scarpe da lucidare al molo di Blackpool? Nonna Summerfield sarebbe andata in cerca di due chiacchiere e qualche pettegolezzo a Stonehenge? E Margie avrebbe provato a far quadrare i conti all'Isola di Wight?

«Le cose, alla fine, si sono messe bene per il ragazzo dei Cattermole, naturalmente» continuò Mr Podgett, senza attendere la risposta. «Harriet mi ha detto che non è potuto andare in guerra per via della gamba, che in seguito non si è più risistemata per bene, ma fatico a credere che in questo c'entri Billy. Il ragazzo dei Cattermole potrebbe anche averlo fatto apposta per non essere arruolato. Di storie così se ne sentono di continuo, del resto. Che vergogna! Avrei molto più rispetto per un obiettore che per qualcuno capace di fare una cosa del genere. No, se vuoi sapere come la penso, Billy ha fatto proprio un favore a quel ragazzo. E guardalo, adesso. Da qualche parte nel bel mezzo dell'Europa, alla testa di cinquecento uomini, a sfidare il pericolo, anteponendo il benessere del suo Paese alla sua stessa sicurezza. Per dirti quanto gli piaccia combattere, poco tempo fa ha scritto a sua madre che sperava che la guerra non finisse mai. Io però faccio fatica a immaginare che lo pensasse sul serio. Tutti vogliono che la guerra finisca. Mrs Podgett, lei è scoppiata a piangere quando ha letto quella lettera; ha detto che era tutta colpa nostra se era diventato così, ma io le ho risposto: "Alice, cosa vai dicendo? Nostro figlio ha un migliaio di soldati sotto di lui e ha dimostrato più volte il suo valore, guidando tutti quegli uomini coraggiosi in battaglia, per poi scrivere ai genitori di ogni ragazzo ucciso. Insomma, non riesce neanche più a sporgersi dal bordo della trincea per via di tutte quelle lettere che è costretto a scrivere." No, è proprio un bravo ragazzo, Alfie, sono orgoglioso di lui. Ma qui dice» e batté di nuovo sul giornale, «qui dice che le cose stanno migliorando e forse si vede la fine. Sarebbe bello, vero? Piacerebbe anche a te, no, vedere la fine della guerra?»

Alfie annuì. Ormai la scarpa sinistra era pulita, e aveva attaccato la destra. Questa era una domanda diretta. Richiedeva una risposta.

«Sì, signore, mi piacerebbe» disse.

«Be', è ovvio. A chi non piacerebbe? Santo cielo, ragazzo, hai dato proprio una bella lucidata a quella scarpa. Dovresti farlo di mestiere.»

«Lo faccio già, di mestiere» mormorò Alfie.

«Ho parlato di te a tutti i miei colleghi in banca. Immagino che tu ne abbia già conosciuto qualcuno, non è così? Dovresti darmi una commissione, dico sul serio. O almeno non farmi pagare di tanto in tanto.» Lo disse ridendo, ma Alfie pensò che non stesse scherzando. Chinò la testa e continuò a lucidare.

«Fatto?» domandò infine Mr Podgett, quando Alfie diede l'ultima spolverata e si raddrizzò per rimirare il lavoro.

«Sì, signore» disse Alfie.

«Molto bene.» Si alzò, lanciò un penny nel berretto rovesciato e dopo un attimo abbassò lo sguardo verso Alfie. «Ho fatto del mio meglio per lui, naturalmente» disse alla fine, a voce più bassa del solito. «Forse, se tornassi indietro... ma non si può.» Scosse il capo; bisbigliava adesso. «Anche se volessi.» Alfie lo fissò, senza sapere che cosa dire. Mr Podgett ricambiò il suo sguardo con un'espressione afflitta e si limitò a scuotere di nuovo la testa. «Me lo ricordi un po', sai? Aveva un viso aperto, come il tuo. Un tempo sul suo viso c'era bontà. Ad ogni modo...» Sospirò e poi controllò l'orologio della stazione. «Sarà meglio che vada. Stessa ora la prossima settimana, Alfie? Ci sarai?»

«Sì, signore» disse Alfie.

«Bene, dunque» disse Mr Podgett, e levando una mano in segno di saluto si avviò. «Alla prossima, *auf Wiedersehen*, Alfie, come dicono i nostri amici crucchi.»

Un gesto non molto saggio da parte sua, tanto che mentre si allontanava tre teste si voltarono, e un uomo raggiunse un poliziotto, per poi sussurrargli qualcosa all'orecchio; un attimo dopo, l'agente iniziò a seguire Mr Podgett, e non lo perse di vista nemmeno quando lui uscì dalla stazione, e si infilò tra le strade trafficate.

Per le undici, Alfie aveva lucidato tre paia di scarpe e speso mezzo penny per un panino alla sala da tè: fatti i conti, quel giorno per il momento i suoi guadagni ammontavano a due penny e mezzo. Tra un cliente e l'altro, Alfie aveva assistito alla scena di un uomo a cui non era stato permesso di salire sul treno Londra-Cambridge perché era ubriaco; una ragazzina, solo un anno o due più piccola di lui, gli aveva fatto una linguaccia mentre passava mano nella mano con una donna più anziana.

Un uomo con i baffi rossi aveva affisso per la stazione dei manifesti per il reclutamento: in uno si vedeva Londra di notte, con il Big Ben e la cattedrale di St Paul in primo piano. È MOLTO MEGLIO AFFRONTARE I PROIETTILI CHE ESSERE UCCISI A CASA DA UNA BOMBA, c'era scritto. Un altro mostrava un soldato inglese che sorrideva, tutto pulito e allegro, con un fucile in spalla. SEGUIMI!, diceva. IL TUO PAESE HA BISOGNO DI TE. Alfie non pensava che fossero molti i soldati veri ad avere quell'aspetto felice.

Poco dopo mezzogiorno, un giovane passò accanto

al suo banchetto da lustrascarpe, lo guardò di sfuggita e proseguì. Fatti alcuni passi, però, si fermò, e si voltò verso l'enorme orologio sulla parete. Controllò il suo biglietto, e quindi diede un'altra occhiata ad Alfie e alle proprie scarpe. Doveva avere più o meno venticinque anni, e nella mano sinistra reggeva un bastone. Mentre tornava indietro, trascinò un po' la gamba ferita; Alfie cercò di non fissarlo. Indossava un abito scuro, una camicia bianca stirata di fresco e una cravatta nera, e non sembrava a suo agio con nessuno di quegli indumenti.

«Credo di avere il tempo per una lucidata» disse il giovane, tradendo nella voce un misto di ansia e raffinatezza. Un attimo dopo, gli sfuggì una piccola risata e Alfie non ne capì il motivo; era come se avesse pensato a una battuta tra sé e sé. Il giovane si sedette, appoggiò il piede sinistro sul poggiapiedi e Alfie iniziò a lavorare.

«Mattinata piena?» chiese l'uomo.

«Non molto» rispose Alfie alzando lo sguardo. «Il martedì è sempre tranquillo. Non so perché. Lunedì è il giorno più caotico, perché tutti vogliono le scarpe pulite per l'inizio della settimana, ma io non lavoro il lunedì.»

«C'è un motivo speciale?»

«Il lunedì abbiamo Storia a scuola. Non mi va di perderla.»

Il giovane rise. «Molto saggio» disse. «Io non sono mai stato bravo in Storia. Non sono mai riuscito a farmi entrare in testa tutti quei re, regine, battaglie e guerre. E poi quelle storie dei duchi nella Torre...»

«Principi» disse Alfie.

«Chi era stato a metterli lì? Riccardo II?»

«Riccardo III» rispose Alfie.

«Nomi e numeri, li ho sempre visti così, nomi e numeri. Buon per te che ti piacciano. A proposito, io mi chiamo Wilf» disse.

«Alfie» disse Alfie, pensando a come niente fosse mai cambiato; erano passati più di quattrocento anni e tutto si riduceva ancora una volta a nomi e numeri.

«Piacere, Alfie. Lucidale bene, mi raccomando. Non posso presentarmi con le scarpe sporche. Le ho tirate fuori dall'armadio stamattina e non riuscivo a credere in che condizioni fossero, anche se non le usavo da anni.»

Alfie levò lo sguardo, senza smettere di sfregare le cuciture della scarpa con il tampone. Si rese conto che da quando aveva iniziato a lavorare a King's Cross, aveva imparato a capire d'istinto chi aveva voglia di parlare e chi invece preferiva essere lasciato in pace. Uomini come Mr Podgett amavano il suono della loro voce; altri, come Wilf, sembravano chiedere un po' di conversazione. E per quanto riguardava Alfie, faceva tutto parte del lavoro.

«Dove va di bello, signore?» chiese.

«Cheltenham» disse Wilf. «Un bel posto; non per un bel motivo.»

Alfie guardò di nuovo gli abiti neri del suo cliente, e capì all'istante perché era vestito così.

«Il funerale di mio fratello» spiegò Wilf. «Mio fratello minore, per la precisione. Alistair. Hanno riportato il corpo nel finesettimana.»

«Mi dispiace» disse Alfie.

«Già» rispose Wilf, e la voce gli morì un po' in gola. «Già. Anche a me. Aveva solo diciotto anni. Era il più giovane di noi. E il più brillante. L'ho visto ancora il mese scorso. Lo stavano spedendo da Aldershot a Calais. Sono andato fino a Southampton per augurargli buona fortuna.»

Quando sentì quella parola Alfie smise di lucidare. Aldershot. Era dove avevano mandato Georgie per l'addestramento. Era rimasto lì un paio di mesi, per imparare a combattere – a uccidere – e poi lo avevano mandato in Francia, da dove aveva scritto ogni settimana per quasi due anni. Ma le lettere a un certo punto avevano smesso di arrivare: Margie aveva spiegato che non poteva più scrivere perché era in missione segreta per il governo.

Cosa che, per quel che riguardava Alfie, era il modo dei grandi di dire: "Tuo padre è morto, ma preferiamo non dirti la verità."

«Alistair era lì da appena un paio di settimane quanto è stato ucciso, povero ragazzo» continuò Wilf. «Non so se per lui sia stata una benedizione o una tragedia. Non ha dovuto passare anni nelle trincee come alcuni di quei poveracci laggiù. Almeno lui ne è uscito, non credi?»

«Cosa gli è successo?» chiese Alfie. Sapeva che non erano cose da chiedere, quelle, ma le parole gli erano sfuggite di bocca prima che potesse fermarle.

«Un sergente idiota lo ha spedito come barelliere nel campo di battaglia in piena notte» disse Wilf. «È una missione suicida, cos'altro? Raccogliere i morti. Nessuno può sopravvivere a una cosa del genere. Ci dovrebbe essere un'ora di armistizio per lasciare ai due fronti la possibilità di recuperare i loro soldati caduti. Una volta l'ho suggerito al Quartier Generale, e dal modo in cui mi hanno guardato i generali, sembrava che avessi detto che dovevamo sventolare la bandiera bianca e arrenderci. Tutto quello che volevo era un minimo comportamento umano in un mondo che umano non lo è più. E comunque, Alistair non deve aver sentito niente, che è già qualcosa, credo. Ma, per Dio, ce n'è voluto prima che rispedissero il corpo a casa. Il funerale è oggi, più tardi. Il ministero della Guerra mi ha dato un giorno di permesso. Così dovrò andare e tornare in giornata e non avrò tempo di restare con la mia famiglia. Dovrò essere di ritorno alla mia scrivania domani mattina presto o saranno guai seri.»

Lo sguardo di Alfie cadde sul bastone di Wilf, appoggiato contro lo sgabello, e vi indugiò per un attimo. L'occhiata non sfuggì al giovane cliente.

«Ti stai chiedendo perché lo porto, vero?» chiese. «Mi ha tenuto lontano da quei posti negli ultimi due anni. Mi sono beccato il proiettile di un cecchino nel femore appena fuori Mons. Sono rimasto in un ospedale da campo per un paio di settimane, dove hanno cercato di salvarmi la gamba. Niente da fare, ovviamente. Avrebbero risparmiato un sacco di tempo e di energia se avessero amputato subito lo stesso giorno che sono arrivato, invece di aspettare due mesi.»

Alfie si bloccò di colpo, le mani sospese sulla scarpa sinistra di Wilf.

«Sì, è una gamba finta, temo» disse. «Non spaventarti, ragazzo. Non c'è niente di cui aver paura.»

Alfie scosse il capo e riprese a lucidare. «Non ho paura» disse con calma.

«Viviamo in una strana epoca, se un uomo deve farsi lucidare una scarpa per una gamba finta, non credi?» disse Wilf con un mezzo sorriso. «E tuttavia, bisogna salvare le apparenze. Questo è quanto ci dicono, perlomeno. È una cosa strana: sono felicissimo di esserne uscito, eppure, bloccato qui, mi sento come se mi stessi sottraendo al mio dovere. Ridotto a un lavoro d'ufficio al ministero della Guerra, capisci? Mi hanno tolto la divisa, mi hanno detto di indossare abiti civili. Non hanno idea di come sia per gli uomini della mia età essere senza divisa. Gli sguardi che si ricevono. Ero a Piccadilly Circus, e una donna mi è venuta incontro, forse perché non aveva notato il bastone. Ha aperto la borsetta e di fronte a tutti lei... lei...» Scosse il capo, e il labbro si arricciò in un misto di rabbia e di dolore.

«Perché lo fanno?» mormorò. «Non capiscono, nessuna di loro capisce.»

Alfie si sentì a disagio al cospetto di tutto quel dolore e di tutta quella rabbia. Notò negli occhi castani dell'uomo un'imperfezione nella pupilla destra: un segno dalla nascita.

«Hai fratelli maggiori laggiù?» chiese Wilf, e Alfie fece cenno di no con il capo. «Tuo padre, allora? Scusa, non dovrei chiedere. Non sono affari miei, dico sul serio.»

«Come le sembrano?» domandò Alfie indicando con la testa le scarpe del giovane. Aveva finito, finalmente, ne era proprio felice.

«Perfette. Non avrei saputo fare di meglio.» Wilf prese un penny dalla tasca e lo lanciò nel berretto di Alfie. La moneta rimbalzò contro le altre monete che c'erano già dentro, tintinnando. «Grazie» disse alzandosi, e raccolse il bastone. Aprì la bocca come se volesse aggiungere qualcosa, ma poi dovette ripensarci, perché si limitò ad allontanarsi senza dire altro, puntando verso il binario 6 e sparendo tra la folla. Alfie lo osservò per qualche istante, poi risistemò sul pavimento accanto a lui tutta la sua attrezzatura, in attesa del prossimo cliente.

Alfie non mangiava molto per pranzo. Tutto quello stare piegato sulla cassetta da lustrascarpe sembrava smorzargli un po' l'appetito. Anche l'odore del lucido e il fatto che il vapore dei motori lo prendessero alla gola non erano d'aiuto. Ma sapeva che non sarebbe riuscito a lavorare bene il pomeriggio se non avesse mangiato qualcosa, così prese una piccola focaccia con ripieno di manzo e rognoni al banchetto del cibo. La sfoglia era pesante e asciutta e dentro c'era più sugo che carne. Ci dovevano aver messo soltanto un morso di bistecca e due pezzi di rognone stopposo, pensò Alfie, ma per il momento bastava.

Gli affari andavano a rilento nel pomeriggio, e quel giorno in particolare si stava facendo freddo. Un vento forte s'infilava dall'uscita di Euston Road e fischiava tra i binari, costringendo i pendolari a stringersi nei cappotti. Tra le due e le quattro non c'erano mai molti clienti, e questo significava che Alfie poteva trascorrere più tempo sull'Isola della Disperazione con Robinson Crusoe, ma sapeva che presto la folla delle prime ore della sera avrebbe cominciato a riversarsi in stazione, e in quel caso avrebbe potuto avere ancora uno o due clienti.

Poco dopo le tre e mezzo, un uomo magro di mezza età, con una divisa militare marrone che sembrava stirata da non più di dieci minuti, si sedette senza una parola e appoggiò il piede destro sul poggiapiedi; Alfie, anche lui in silenzio, si mise al lavoro. L'uomo estrasse una cartella di documenti dalla sua valigetta, e si immerse nella lettura dello spesso faldone, scuotendo il capo di tanto in tanto e borbottando imprecazioni fra i denti. Quando ne sparò una proprio grossa, Alfie ridacchiò e il vasetto di lucido gli scappò di mano. L'uomo abbassò la cartelletta e lo guardò.

«Cosa c'è?» disse dopo un attimo.

«Mi scusi, signore» ribatté Alfie.

L'uomo scosse il capo. «No, scusami tu» disse. «Stavo di nuovo parlando da solo?»

Alfie annuì e l'uomo rise. «Lo faccio di continuo» disse. «Mia moglie mi rimprovera sempre.» Posò la cartella e osservò Alfie strofinare con un panno il tacco sinistro. «Te la cavi bene» disse alla fine. «È da un po' che lo fai, vero?»

«Più di un anno, signore» rispose Alfie.

«Buon Dio. Quanti anni hai, ragazzo?»

«Nove, signore.»

«Nove anni e già ti guadagni da vivere. È come essere tornati ai tempi di Dickens. Hai mai letto Dickens?»

«No, signore.»

«Hai mai letto niente?»

«Sì, signore.»

«Cosa?»

«*Robinson Crusoe*.»

«Non lo leggo da quando ero ragazzo. Leggi *Oliver Twist*. O *Nicholas Nickleby*. Ti prometto che ti piaceranno. Io sto leggendo questo nuovo tipo, Lawrence, ma non credo che sia adatto a te. A proposito, non dovresti essere a scuola?»

Alfie levò gli occhi ma non disse nulla e l'uomo si limitò a scrollare le spalle e a distogliere lo sguardo. «Non sono affari miei, suppongo» disse. «Ho già abbastanza pensieri per conto mio, senza preoccuparmi della salute di ogni trovatello e di ogni randagio che incontro per strada.»

Un po' di lucido si era rappreso tra le setole della spazzola. Alfie la scosse per staccarlo e poi la strofinò contro il pavimento così da rimuovere i granelli, lasciando una striscia di sporco sulle piastrelle accanto a lui. Mentre Alfie lavorava l'uomo non disse altro, e tornò ai suoi fogli: girava le pagine veloce, prendendo appunti su alcune con una penna dall'aspetto costoso e disegnando grandi linee su altre. Il vento che si insinuava dalla strada si fece più forte, e un'improvvisa folata attraversò la stazione, proprio mentre l'uomo girava una pagina: la cartella gli sfuggì di mano, i suoi documenti furono spazzati via e fogli sciolti si sparsero per tutto l'atrio della stazione.

«No!» gridò, e saltando su dallo sgabello per poco non diede ad Alfie un calcio. «Le mie carte! Non posso perderle. Aiutami, da bravo. Prendi tutte quelle che puoi, prima che volino via.»

Correndo per la stazione, Alfie raccolse via via grandi manciate di fogli. Erano dappertutto: davanti alla sala da tè, accanto alla biglietteria, vicino al tabaccaio, di fianco al banchetto dei giornali. Ma lui continuò a recuperarne il più possibile, e in poco tempo si ritrovò tra le mani più di quaranta fogli. Dopo che ebbe controllato di non averne altri intorno, lo sguardo gli cadde sulla prima pagina che reggeva in mano.

Era un documento dall'aspetto ufficiale – scrittura

ricercata e carta costosa – con "OSPEDALE DI EAST SUFFOLK & IPSWICH" in alto a fare da intestazione e un'iscrizione latina sotto, anche se ormai nessuno parlava più il latino. Subito sotto, battuto a macchina c'era:

Reduci – Riepilogo – Una pagina

E ancora sotto, in caratteri più piccoli:

Vedi allegato 3 (b)
per la valutazione completa dei pazienti.

C'erano due colonne, una a destra e una a sinistra, con un elenco di nomi e numeri di matricola, e accanto un'altra serie di numeri – probabilmente qualcosa legato all'allegato 3 (b), si disse Alfie. Non intendeva leggere l'elenco di nomi sulla colonna di sinistra, non gli interessava affatto, ma il problema era che si trattava di una pagina piena di parole, e da sempre, ogni volta che vedeva pagine piene di parole, Alfie sentiva il desiderio di leggerle. I suoi occhi passarono in rassegna le varie voci, ma dopo un attimo si fissarono su un unico dato.

Batté le palpebre, incerto se credere o no a ciò che vedeva, e per poco non gli caddero le carte che aveva raccolto. Proprio in quel momento, l'uomo al quale stava lucidando le scarpe arrivò e gli prese i documenti dalle mani.

«Sono tutte, credo» disse dandosi un'occhiata intorno, e poi rimise a posto le pagine dentro la cartella. «Grazie per l'aiuto, ragazzo. Quanto ti devo?»

Alfie non disse nulla; rimase lì a fissare l'uomo, a bocca aperta. Non riusciva a trovare le parole per rispondere: troppe cose gli correvano per la mente.

«Cosa c'è?» chiese l'uomo. «Il gatto ti ha mangiato la lingua?»

Alfie restò in silenzio. L'uomo inarcò un sopracciglio e scosse il capo, come a indicare che non aveva tempo per stupidaggini di quel genere. Poi disse: «Facciamo un penny, va bene?» Lanciò una moneta nel berretto di Alfie, recuperò da terra la sua valigetta e si voltò per andarsene. Poi però si fermò e si guardò di nuovo indietro.

«Stai bene, ragazzo?» chiese in tono un po' più comprensivo. «Guarda che sono un dottore. E tu, tutto a un tratto, mi sembri piuttosto scombussolato. Se c'è qualcosa che non va, puoi dirmelo. Forse posso aiutarti.»

Alfie scosse il capo. «Sto bene» disse. Le parole gli uscirono rauche, come tutte le volte che Margie lo svegliava troppo presto la mattina.

«Come vuoi» disse il dottore, e dopo essersi stretto nelle spalle si voltò per allontanarsi. «Grazie per le scarpe.»

Alfie tornò piano piano alla sua cassetta da lustrascarpe e si sedette al posto del cliente. Raccolse i panni e le spazzole e li ripose, tolse il poggiapiedi e lo sistemò sotto il coperchio, poi chiuse di scatto la cassetta e la bloccò con il fermaglio dorato. Quindi si alzò, si avviò verso l'uscita di King's Cross e si incamminò verso casa.

E per tutta la strada ripensò a quell'unica riga che gli era balzata davanti agli occhi sul documento dell'ospedale di East Suffolk & Ipswich.

Una semplice frase, più o meno a metà pagina, sul lato sinistro.

Summerfield George, diceva.

Data di nascita: 3/5/1887

Matricola n°: 14278

Per me e la mia ragazza

For Me and My Girl

Tornando dalla stazione, Alfie ripensò al giorno in cui suo padre era partito. Non aveva permesso a nessuno di andare a Liverpool Street per salutarlo.

«So già come sarà» aveva detto scuotendo il capo. «Tutte quelle mogli e quelle madri a piangere nei fazzoletti, a dare spettacolo. Salutiamoci qua e basta. In fondo, non starò via per tanto. A Natale sarà tutto finito.»

Era in partenza per la caserma di Aldershot, dove avrebbe sostenuto l'addestramento di base, e Alfie intuiva che l'idea di andare lo eccitasse e lo agitasse allo stesso tempo. Dopo che si era arruolato, Margie aveva rifiutato di parlargli per due giorni e si era arresa solo quando non c'era più stati dubbi che la sua era una decisione definitiva, e che lei non poteva farci niente. Anche nonna Summerfield aveva smesso di dichiarare che era la fine, era la fine per tutti, e aveva iniziato a raccontare agli altri abitanti di Damley Road quanto fosse orgogliosa di suo figlio, perché era stato il primo a iscriversi nelle liste, a rispondere all'appello del re e della nazione, aggiungendo che grazie al suo coraggio sarebbe stato di certo al sicuro.

Quando uscì dal numero dodici, Margie gli gettò le braccia intorno al collo e gli sussurrò all'orecchio qualcosa che lo spinse a mordersi il labbro e a stringerla ancora più forte. I vicini uscirono dalle loro case per salutarlo e Joe Patience mise un pacchetto di tabacco Golden Virginia nella mano di Georgie, augurandogli buona fortuna.

«Non fare niente che io non farei» disse, e il papà di Alfie rise scuotendo la testa.

«Non ci metterai molto a seguirlo, suppongo» disse nonna Summerfield, guardando prima il figlio in divisa poi Joe in pantaloni e camicia da lavoro. «Tu e Georgie siete sempre stati amici per la pelle. Mi sorprende che non vi siate arruolati insieme.» C'era una nota di ostilità nella voce, e Joe non riuscì a sostenere il suo sguardo.

«Ci sono molti modi per sostenere lo sforzo bellico» disse. «Non sono sicuro che uccidere persone sia il più produttivo.»

«Potresti non avere scelta» ribatté lei. «Adesso sono tutti volontari, ma se le cose non dovessero mettersi bene, allora...»

«C'è sempre una scelta, Mrs Summerfield» insistette Joe, la voce un po' più tagliente ora. «Ho le mie idee sulle cose, lo sa.»

Il viso di nonna Summerfield divenne rosso di rabbia, ma Georgie disse che non era la mattina giusta per parlare di politica, che tutto quello che voleva era stringere la mano ai suoi amici e abbracciare la sua famiglia, e così, controvoglia, nonna Summerfield si zittì. Ma era ovvio che avesse ancora molto da dire.

L'ultima persona che Georgie salutò fu Alfie, che se ne stava in piedi per strada con la schiena contro la finestra del salotto.

«Sei tu l'uomo di casa adesso» gli disse guardandolo dritto negli occhi, e all'idea di una tale responsabilità Alfie sentì una stretta allo stomaco. «Starai attento a tua madre mentre sarò via, vero? E a tua nonna?»

«Sì» disse Alfie. «Ma tu tornerai a casa, vero?»

«Prima ancora che tu ti accorga che sono partito.»

E con questo, si avviò lungo la strada con la sacca sulle spalle, come se stesse soltanto andando alla latteria per una normale giornata di lavoro; poi si fermò, si voltò, e dopo aver alzato una mano per salutare sparì dietro l'angolo.

Era successo quasi quattro anni prima, e da allora Alfie non aveva più rivisto suo padre.

C'erano le lettere, naturalmente. La prima arrivò da Aldershot: raccontava alla sua famiglia che il viaggio in treno era stato molto divertente e che tutti erano molto emozionati all'idea di ciò che li aspettava. La maggior parte delle nuove reclute veniva da Londra, ma c'erano anche un paio di ragazzi di Norwich e di Ipswich, e perfino un tizio di Plymouth, che si era trasferito a Clapham sei mesi prima per lavorare sugli autobus. Al comando c'era un certo sergente Clayton. Li aveva fatti schierare in cortile, e poi aveva ordinato a tutti di presentarsi. Era un vero castigamatti, raccontava Georgie, e sbraitava in faccia a chiunque non dicesse sissignore, nossignore, ai suoi ordini, signore. Aveva due caporali con sé, Wells e Moody: gli stavano uno a destra e uno a sinistra, e non parlavano quasi mai.

> *I dormitori hanno due file da dieci letti ciascuno* (raccontava loro Georgie). *Io sono vicino alla porta, tra un ragazzo che si chiama Mitchell (tifa Arsenal, ma non gliene farò una colpa), e un altro che si chiama Jonesy. E non ci crederai, Alfie, ma Jonesy ha una copia di quel libro che Mr Janáček ti ha regalato per il compleanno, Robinson Crusoe! Per poco non mi sono messo a ridere quando l'ho visto, ti giuro.*

Margie conservava le lettere di Georgie al sicuro e non le piaceva che Alfie le maneggiasse, correndo il rischio che le sporcasse. Quando nonna Summerfield le teneva troppo vicino agli occhi per leggerle meglio, Alfie vedeva Margie osservarla agitata, e intanto sperava che la nonna le chiedesse di leggergliele ad alta voce, come all'inizio Margie si era offerta di fare.

«A sentire lui sembra tutto un gioco» disse nonna

Summerfield, una volta finito di leggere una delle prime lettere. Margie la riprese in fretta e la rinfilò tra le pagine della sua Bibbia. «Pensavo di averlo allevato un po' più intelligente di così.»

«Se fosse stato intelligente, non sarebbe corso ad arruolarsi.»

Naturalmente, le cose erano diverse ora che Alfie aveva nove anni. Nessuno partiva più volontario. C'era la coscrizione. Compivi diciotto anni e tanto bastava: dovevi andare in guerra. Alfie pensava spesso che se da lì a nove anni le cose non si fossero risolte, allora anche lui sarebbe andato in guerra, un'idea che lo spaventava. Non contava più niente se si era sposati e quindi non si sfuggiva al servizio militare portando la propria innamorata all'altare. Anche se lo si faceva, si partiva in luna di miele per la Francia, da soli. Questo a meno che non fossi Joe Patience, che era tornato al numero sedici dopo essere stato via due anni, anche se non aveva prestato servizio in Francia o combattuto in Belgio. Al contrario, era stato rinchiuso a Wormwood Scrubs, dato che si era rifiutato di diventare soldato. Lo avevano rilasciato solo perché là dentro lo avevano pestato un sacco di volte; alla fine erano arrivati così vicino a ucciderlo che per il carcere si era profilata la minaccia di uno scandalo. Adesso Joe era tornato a vivere due porte più su, ma non usciva quasi mai di casa e di certo non si sedeva più fuori a suonare il clarinetto come faceva prima che la guerra cominciasse. Nonna Summerfield lo chiamava mascalzone e codardo, Mrs Milchin diceva che avrebbero dovuto appenderlo al primo lampione. Perfino Helena Morris, che una volta aveva una cotta per lui, diceva che non avrebbero dovuto permettergli di vivere vicino a gente onesta e rispettabile.

Solo Margie e il vecchio Bill Hemperton continuavano a parlargli. Margie insisteva a dire che Joe era il più vecchio amico di Georgie e che, al di là dei suoi torti e delle sue ragioni, aveva sofferto abbastanza per quello in cui credeva. Il vecchio Bill si limitava a dire che era padrone di se stesso e che nessuno poteva dirgli con chi parlare e con chi no, non finché avesse avuto fiato in corpo. Né l'una, né l'altra cosa rappresentavano per nonna Summerfield una valida scusa al comportamento di Joe, tanto che non poteva sentirne pronunciare il nome senza andare su tutte le furie.

Tre mesi dopo aver svoltato l'angolo di Damley Road, Georgie non era più in Inghilterra. Con gli altri nuovi soldati, aveva preso un treno per Southampton e da lì un battello per Calais e da quel momento le lettere avevano cominciato a farsi sempre più rade. E quando arrivavano, avevano a volte grandi segni neri tra le righe, tanto che a volte non si riuscivano nemmeno a leggere tutte le parole.

«Sono i capi» spiegava Margie. «Leggono le lettere di tutti e se c'è scritto qualcosa che non vogliono che si sappia, la cancellano. Non vogliono farci conoscere la verità. Hanno paura.»

Con il tempo, il tono delle lettere di Georgie cambiò. Durante il periodo di addestramento ad Aldershot, raccontava storielle sugli scherzi che gli uomini si giocavano a vicenda in caserma e sui guai nei quali si ficcavano di continuo con il sergente Clayton. Sembrava più che altro un campo estivo. Ma quando arrivò in Francia, cambiò tutto. Smise di parlare dei soldati che servivano al suo fianco e iniziò a parlare solo di se stesso; e di come si sentiva.

Qui è orribile (scriveva). *Passiamo i giorni a scavare nel fango trincee profonde più di due metri; poi, prima che crollino, dobbiamo costruire impalcature di legno per rinforzarle. Dicono che i tedeschi sulle loro abbiano pareti d'acciaio. Ogni volta che piove, i fianchi delle nostre trincee franano e siamo costretti a usare qualunque cosa per svuotarle dall'acqua. A volte uso l'elmetto, ma non dovrei, perché è il modo più veloce per beccarsi un proiettile in testa. Ci sono topi dappertutto. E anche peggio. Passi per i topi, ma non ho la più pallida idea di cosa siano queste altre creature. Perché sono venuto qui, non lo so. Dio, che errore.*

Margie non lasciò che Alfie leggesse quella lettera. Ma lui scoprì che era arrivata perché l'aveva vista sul materasso, con il timbro del ministero della Guerra ben in vista sulla busta. «È privata» gli aveva detto

Margie dopo averla letta seduta sulla poltrona sfondata di fronte al camino. «Tra me e tuo padre. Ma dice che ti vuole bene e che ti pensa tutto il tempo.»

«Leggila ad alta voce» disse Alfie.

«No.»

«Leggila ad alta voce!»

«Ho detto di no!» gridò Margie balzando in piedi così di scatto che Alfie trasalì. Lo fissò per un attimo con l'aria di chi sta per scoppiare a piangere, e uscì di corsa dalla stanza.

Non mise quella lettera tra le pagine della Bibbia. La nascose, invece, sotto il materasso, ma Alfie conosceva tutti i nascondigli di Margie e aspettò che lei fosse al lavoro per prenderla. La lesse cinque volte di seguito, e ogni lettura lo rendeva sempre più triste.

Da quel momento, Margie non gli lasciò più leggere le nuove lettere che arrivavano, ma continuò a metterle nello stesso posto, e quindi lui sapeva sempre dove trovarle e dove nasconderle di nuovo ogni volta che lei lo chiamava da in fondo alle scale.

Dio, Margie, cosa ci faccio qua? È orrendo. E io ho fatto cose terribili. A volte non riesco a conviverci. Penso a voi e

«Alfie, sono a casa! Sei di sopra? Vieni giù a raccontarmi come è andata oggi.»

Dicono che ci stiamo avvicinando alle linee belghe, ma è dura credere che ci si stia avvicinando a qualunque cosa. Scaviamo altre trincee e lasciamo che quelle di prima franino su se stesse. Poi aspettiamo che faccia buio e il caporale Moody decide a chi tocca andar fuori. Dieci alla volta. Altri dieci sulle scale. E dieci alla base della trincea. Lamentarsi non serve a niente. A volte penso che sarebbe più facile se

«Alfie, rispondi alla porta, per favore. Se è il lattaio, digli che lo pagherò la prossima settimana!»

Mi hanno mandato a fare il barelliere la notte scorsa, amore. È stato per come avevo risposto al sergente. Non è a posto con la testa, quello, se proprio vuoi saperlo. Ho riportato indietro sei corpi, erano putrefatti, ecco com'erano. Ma li ho riportati indietro e sono sopravvissuto. Solo un barelliere su cinque esce vivo. Di solito ci mandano gli obiettori, non noi. Ho riportato indietro un tipo, Margie, e l'ho messo con gli altri corpi. Erano tutti ammucchiati uno sull'altro, come sacchi dell'immondizia. Ed è solo quando me ne stavo andando che gli ho visto aprire un occhio. Ho quasi urlato per

«Alfie! La cena è pronta. Dove sei, di sopra? Non farla raffreddare!»

Qui ormai capita di tutto, Margie. Otto battaglioni diversi, tutti mischiati. Qualche giorno fa è successa una cosa, un brutto affare in una trincea tedesca. Alcuni dei nostri l'hanno conquistata e a quattro soldati è stato ordinato di restare lì a difenderla. Quando siamo tornati, è saltato fuori che c'era un ragazzo tedesco ancora vivo e loro gli avevano sparato. E adesso è scoppiato l'inferno, e sono tutti a litigare se sia giusto o no farlo. C'è uno che dice che è una vergogna e vuole che il sergente faccia qualcosa. Gli altri dicono che non importa, che tanto succede di continuo, quindi che differenza fa? Non lo so. A me sembra che se era solo e disarmato, avrebbero dovuto farlo prigioniero. Ci sono delle regole, no? E

«Alfie!»

Georgie aveva smesso di scrivere del tutto da un anno. O era così, oppure Margie aveva trovato un altro posto dove nascondere le lettere, anche se Alfie non credeva perché aveva perlustrato dappertutto. L'ultimissima lettera infilata sotto il materasso era la meno chiara di tutte.

... farò a uscire da qui, vero? Sono dappertutto, dappertutto. Mi mangiano i piedi. Le gambe mi fanno male. Bonzo Daly non ha messo il telone sui bidoni del latte e gli uccelli gliel'hanno rovi-

nato tutto. Ora basta, basta. L'hai sentita anche tu, vero Margie, se tu fossi l'unica ragazza al mondo e io fossi l'unico ragazzo. Quanti anni ha adesso, otto? Sarà cresciuto ormai. Non lo riconoscerei. Gli abbiamo sparato, sì, gli abbiamo sparato, perché continuava a lamentarsi. Io non volevo averci niente a che fare, ma il sergente ha detto che non avevo scelta o sarei finito anch'io davanti alla corte marziale. L'espressione sul viso di Sadler, dopo! Mi ha fatto ridere, sì, mi ha fatto proprio ridere. Per il mondo conta solo questo oggi. Resta dove sei e poi vai, non fa che ripeterlo, di continuo. Resta dove sei e poi vai. Non ha senso. Potevamo continuare ad amarci come un tempo. Non riesco a dormire, non ci riesco. Tutta colpa vostra, tutta colpa vostra, maledizione. Questo mal di testa non mi passa. Cos'era che cantava Wells quella notte? Se tu fossi l'unico crucco in trincea e io avessi l'unica bomba... Aiutami, Margie, ti prego. Aiutami. Dicevano che per Natale sarebbe finito tutto. Solo, non hanno detto quale Natale.
Dovunque guardi, tutto quello che vedo è

E poi non ci furono più altre lettere e tutto tacque.

Margie aveva preparato una torta per il nono compleanno di Alfie. Lui non sapeva dove avesse trovato la farina o la panna, ma in qualche modo era riuscita a procurarsele. Aveva sentito che Mrs Bessworth, quella del negozietto di Damley Park, aveva qualche conoscenza al mercato nero. Nonna Summerfield era venuta a cena, e anche il vecchio Bill Hemperton, proprio come avevano fatto quattro anni prima, quando la guerra era scoppiata. Kalena e Mr Janáček non c'erano, naturalmente. Nessuno sembrava dell'umore giusto per festeggiare. Quando Alfie lesse il suo biglietto d'auguri, vide scritto: Buon compleanno, Alfie! Con affetto, mamma e papà. Joe Patience aveva infilato un etto di caramelle alla mela nella buca delle lettere e nessuno sapeva dove le avesse trovate; nonna Summerfield voleva che Alfie le gettasse via, Margie però insistette perché gliele lasciasse tenere.

«Che fai?» chiese Alfie a sua madre quella sera, quando tutti erano ormai tornati a casa. Margie era seduta accanto alla luce a gas con un cesto di vestiti e teneva una camicia vicino al viso, mentre l'ago entrava, usciva e rientrava.

«A te cosa sembra? Cucio.»

«Di chi sono quei vestiti?»

«Non nostri, su questo non ci piove. Hai visto che qualità?» Tese la camicia ad Alfie per fargliela toccare, ma lui scosse il capo.

«Di chi sono quei vestiti?» ripeté.

«Oh, non la conosci» rispose Margie. «Si chiama Mrs Emberg. È un'amica di Mrs Gawdley-Smith.

Molto benestante. Mi ha detto che mi avrebbe dato uno scellino per ogni cesto. Ogni mezzo penny può tornare utile, Alfie.»

«Quindi lavori giorno e notte come infermiera, porti a casa il bucato di altri, e ora ti sei messa anche a cucire per qualche ricca signora» disse Alfie.

«Oh, Alfie.»

«Mamma, dov'è papà?»

L'ago con cui Margie stava cucendo le sfuggì di mano, e cadde sulla pietra del caminetto con un *tin* metallico. Non era di turno quella notte in ospedale: aveva fatto cambio con un'altra ragazza per il compleanno di Alfie.

«Lo sai dov'è» disse. «Perché mi fai una domanda così stupida?»

«Dimmi la verità questa volta.»

Margie non disse nulla per qualche istante, ma raccolse l'ago e rimirò la camicia che stava cucendo. «Entro fine mese devo farne altre sei» disse scuotendo il capo. «Questa non è male, vero? Ti ho sempre detto che volevo trovare qualcosa in cui fossi brava. Forse è questa. Sono in gara con nonna Summerfield. Sai, lei il mese scorso ha cucito trenta paia di calze! Fa un paio al giorno. E con la sua vista, poi! A volte mi chiedo se non finga, solo per fare scena.»

«Mamma!» disse Alfie tirandola per la manica. «Dov'è papà?»

«È in guerra, dove se no?» scattò lei in tono sempre

più freddo, voltandosi a guardarlo. «È in quella maledetta guerra.»

«Non ha più scritto.»

«Ora non può.»

«Perché non può?»

«Perché sta combattendo.»

«Allora come lo sappiamo?»

«Come sappiamo cosa?»

«Come sappiamo che sta bene?»

«Certo che sta bene, Alfie. Perché non dovrebbe star bene?»

«Forse è morto.»

E in quel momento avvenne una cosa orribile. Margie gettò via il cucito, si alzò di scatto e diede ad Alfie uno schiaffo, forte, in pieno viso. Lui batté le palpebre, sbalordito. Né Georgie né Margie lo avevano mai picchiato, neanche quando era piccolo e faceva i capricci. Alfie si mise una mano sulla guancia: bruciava, ma lui non fiatò. L'ultima volta che gli era capitato qualcosa del genere era stato quando quel mostro di Mr Grace lo aveva colpito sulle mani sei volte con Excalibur, e mentre lo picchiava sorrideva, con le vene viola nel suo grosso naso da beone che pulsavano di piacere.

Un attimo dopo Margie scoppiò a piangere. Gli gettò le braccia al collo e lo strinse a sé, e Alfie si sentì il suo viso, bagnato, contro la spalla. «Oh, Alfie» disse. «Mi dispiace, tesoro. Non volevo. Ero sconvolta, tutto qui. Non volevo, sul serio. Non volevo.»

«Dov'è papà?» chiese di nuovo lui. Margie si ritrasse, e tenendolo per le spalle lo guardò negli occhi. Le fiamme del fuoco nel camino facevano risaltare le righe delle lacrime lungo le guance.

«Come?» chiese lei.

«Voglio sapere dov'è papà. Voglio sapere perché non scrive da quasi un anno.»

«Certo che ha scritto» disse Margie, agitata.

«Allora dove sono le lettere? Le tenevi sotto il materasso una volta, ma non ce ne sono di nuove da...»

«Da quando ti metti a guardare sotto il mio materasso?» strillò Margie. «Ficchi il naso tra le mie cose? Davvero, Alfie, dovrei...»

«Se ha scritto, allora dove sono le lettere?»

Margie si strinse nelle spalle; sembrava stesse cercando il modo migliore di rispondere. «Non lo so» disse, alla fine. «Devo averle perse. Devo averle gettate via.»

«Non ti credo» urlò Alfie. «Non lo faresti mai. Lo so che non lo faresti. Dimmi la verità! Continui a parlare di una missione segreta, ma non mi spieghi mai cos'è.»

Margie si asciugò il viso e si risedette. «Va bene» disse alla fine. «Non combatte più, hai ragione. Ma non ha tempo per scrivere. È venuto a trovarmi un uomo del ministero della Guerra. Hanno detto che tuo padre era uno dei soldati più coraggiosi che avessero mai visto e quindi gli hanno assegnato nuovi ordini. Sta facendo tutto il possibile per mettere fine alla guerra.»

«Che tipo di missione è?» chiese Alfie.

«Non hanno voluto dirmelo» disse Margie. «Ma sono sicura che è molto importante. Ad ogni modo, finché non sarà terminata, a tuo padre non sarà consentito scriverci.»

Alfie si fermò a riflettere. «Quando è venuto a trovarti?» chiese.

«Chi?»

«L'uomo del ministero della Guerra.»

Margie gonfiò un po' le guance e distolse lo sguardo. «Oh, non mi ricordo» disse. «È stato mesi fa.»

«E come si chiamava?»

«Non me lo ricordo. Che importanza ha, comunque?»

«Perché non mi hai detto che era venuto?»

«Perché non volevo farti preoccupare. So quanto sei sveglio, Alfie, ma hai appena nove anni. E a quel tempo, ne avevi solo otto. Ci sono certe cose che…»

«Lo hai detto a nonna Summerfield?»

«No, certo che no.»

«Ma lei è grande.»

Margie si alzò nervosa, scuotendo il capo. «Alfie, adesso basta con questa storia. Mi hai chiesto dove fosse tuo padre e io te l'ho appena detto. È in missione segreta. Adesso possiamo chiuderla qui?»

E Alfie era felice di chiuderla lì. Non c'era ragione di fare altre domande, perché ormai era sicuro che lei comunque non gli avrebbe detto la verità. Non era mai venuto nessuno dal ministero della Guerra a trovarla; e per quante missioni segrete ci fossero in corso, suo padre non ne faceva parte; Margie sapeva di sicuro dove si trovasse, ma non era disposta a dirlo. Alfie però era certo che alla fine lo avrebbe scoperto, se solo avesse messo insieme un pezzo alla volta.

Da quel momento, tuttavia, non aveva fatto molti progressi nelle indagini. Non erano arrivate altre lettere, e tutte le volte che Alfie sorprendeva la mamma e nonna Summerfield immerse in una conversazione, le due smettevano di parlare e iniziavano a discutere del tempo o di quanto fosse difficile in quel periodo procurarsi mele fresche.

Di fatto, Alfie non aveva trovato altri indizi su dove potesse essere suo padre fino a quel giorno a King's Cross, quando aveva lucidato le scarpe del medico militare e le sue carte si erano sparse per tutta la stazione.

EAST SUFFOLK & IPSWICH HOSPITAL
Summerfield, George.
Data di nascita: 3/5/1887
Matricola: 14278

E quello fu il momento in cui Alfie seppe che le cose che pensava erano giuste e sbagliate al tempo stesso. Suo padre non era in missione segreta. Ma non era neanche morto. E non era più neanche in Francia.

Era tornato in Inghilterra.

E si trovava in un ospedale.

Ciao, chi è la tua amica?

Hello, Who's Your Lady Friend?

Quando aprì la porta della stanza di Alfie, Margie non si aspettava proprio di trovarlo seduto sul letto a leggere, ma lui era già sveglio da quasi un'ora.

«Stai bene?» gli chiese toccandogli la fronte per controllargli la febbre. «Non starai covando qualcosa, vero?»

«No, sto bene» disse Alfie. «Mi sono solo svegliato presto, tutto qua.»

«Bene, il mattino ha l'oro in bocca.» Margie si guardò intorno e annusò l'aria aggrottando le sopracciglia. «Perché c'è sempre odore di lucido da scarpe qui dentro? Non ha senso, dato che hai le scarpe sempre tutte malmesse. Comunque, la colazione è già sul tavolo di sotto. Per stasera a cena prendo un po' di pollo. C'è un macellaio a Pentoville Road che oggi potrebbe riceverne una consegna. Almeno a quanto ho sentito dire in giro. È il fratello di un'infermiera di Chirurgia Due e ha promesso di mettercene un po' da parte.»

«Pollo?» chiese Alfie inarcando un sopracciglio per la sorpresa. «Non costa un sacco di soldi?»

«Questa mattina, nel borsellino, c'erano più soldi di quelli che mi aspettavo» disse Margie con una strizzatina d'occhio. «Strano, ma mi capita di continuo. Pensa, questa settimana sono riuscita a pagare tutti i conti e anche l'affitto. E la buona notizia è che stanotte non lavoro, così possiamo restarcene a casa, noi due da soli, e cenare insieme.»

Alfie si rabbuiò. In altre occasioni sarebbe stato felice di questa prospettiva, ma quel giorno, forse, non era quello giusto. In fondo, non sapeva a che ora sarebbe tornato a casa. Aveva dei piani. Piani importanti. Una missione segreta tutta sua.

«Ah» disse, e distolse lo sguardo perché Margie non si accorgesse che stava mentendo. «Però ho promesso a nonna Summerfield che sarei andato a cena da lei.»

«Non mi ha detto niente.»

«Forse si è dimenticata. Come quando si è dimenticata di dirti che le piaceva quel vestito nuovo che indossavi la settimana scorsa.»

«Quella non è stata una dimenticanza» disse Margie alzando gli occhi al cielo. «Ha detto che non avrei dovuto accettare la carità di Mrs Gawdley-Smith. Però scusa, se Mrs Gawdley-Smith aveva in mente di buttarlo, e mi ha detto che potevo benissimo usarlo io, allora perché non avrei dovuto prenderlo? Non posso andare in giro vestita di stracci per sempre, non credi? E comunque, chi mendica non può essere schizzinoso.»

«Noi non siamo mendicanti» disse Alfie.

«È quello che ha detto tua nonna. Ma siamo ancora pericolosamente prossimi alla penuria, Alfie. Pericolosamente prossimi alla penuria.» Margie sembrava amare quella frase. «E comunque, non puoi dirle che andrai a cena da lei un altro giorno? Non capita spesso che io sia a casa la sera.»

«Glielo chiederò» disse Alfie, e scostando le lenzuola scese dal letto. «Ma se non mi trovi quando torni a casa, significa che se l'è presa e mi sono dovuto fermare.»

«D'accordo, allora» disse Margie. «Be', fai del tuo meglio e speriamo di vederci più tardi.»

La mamma uscì dalla stanza e Alfie la udì spazzare l'ingresso, prima di andare al lavoro. Si sentiva un po' in colpa per averla intristita, ma era per una buona causa, ne era certo. Uscì velocissimo dalla stanza, si precipitò giù per le scale e corse alla latrina in fondo al giardino, da dove tornò altrettanto a rotta di collo, prima che il freddo gli congelasse le dita dei piedi e delle mani, risalì le scale e volò in camera sua, dove prese il sacchetto di monete dal fondo del cassetto delle calze. Lo rovesciò sul letto.

Contò i soldi. Risparmiava da quando era diventato lustrascarpe e adesso aveva quasi otto scellini. Otto scellini! Non li aveva mai contati prima perché temeva che, se avesse saputo quanti soldi aveva messo da parte, avrebbe potuto perdere la testa e spenderli tutti. In cuor suo, però, aveva sempre saputo che un giorno quei soldi gli sarebbero tornati utili. Solo, non sapeva quando quel giorno sarebbe arrivato, o a cosa sarebbe servito il denaro. E invece alla fine eccolo lì, quel giorno.

Tornò al piano di sotto, e dopo aver fatto colazione si lavò in fretta nel lavandino della cucina, controllando di essere ben pettinato. C'erano meno probabilità che qualcuno lo fermasse, se aveva l'aspetto di un ragazzino perbene. Soddisfatto, si mise le scarpe, si infilò in tasca una manciata di monete e uscì.

Mentre attraversava Damley Road, vide Joe Patience fumarsi una sigaretta sulla porta di casa sua. Proprio in quel momento, una camionetta dell'esercito svoltò l'angolo. Alfie si bloccò. Scoccò un'occhiata a Joe, che gliela restituì senza alcuna espressione sul viso; poi però il suo sguardo, come quello di Alfie, si posò sull'auto, che adesso aveva iniziato a rallentare. Un istante dopo tutte le tende delle finestre che affacciavano sulla strada si stavano scostando. In un attimo, le porte si aprirono una dopo l'altra e le donne uscirono, guardandosi a vicenda impaurite, con i volti pallidi e smorti, mentre Joe si ritraeva nell'ingresso, senza chiudere la porta, ma fuori dalla vista dei suoi vicini.

Non io, pensavano tutti.

Ti prego, Dio, non io.

Non oggi.

L'auto si fermò davanti ad Alfie. Il finestrino si abbassò, e da dentro fece capolino un ufficiale, che squadrò Alfie, mentre lui si schiacciava contro il muro.

«È Damley Avenue questa?» chiese l'uomo, e Alfie tirò un sospiro di sollievo. Voleva solo indicazioni.

«Damley Road» rispose lui con voce un po' strozzata.

«Come hai detto, figliolo?»

«Damley Road» ripeté. «Per Damley Avenue dovete andare in fondo alla strada, girare a sinistra e poi prendere la prima a destra. Non potete sbagliare.»

L'uomo annuì, alzò il finestrino, e un istante dopo l'auto ripartì; le donne rientrarono in casa, lasciando solo Alfie e Joe Patience a guardarsi a vicenda.

«Anche stavolta è andata» disse Joe con un sorriso che non era un vero e proprio sorriso. Alfie notò che gli mancava un incisivo e che aveva un occhio nero, anche se non era un vero e proprio occhio nero; era più un occhio viola, verde e giallo. «Tutto a posto, Alfie?»

«Tutto a posto, Joe.»

«Vuoi saperlo, vero? Vuoi sapere che cosa mi hanno fatto? È stata colpa mia che ho aperto la porta quando era già buio.»

Alfie lo fissò. Non capiva di che cosa stava parlando Joe, ma non aveva tempo per scoprirlo. Lo aspettava una giornata impegnativa. Scrollò il capo in fretta e corse via, svoltando a destra verso King's Cross.

Ci arrivò più in fretta del solito, perché questa volta non doveva portare la cassetta con i lucidi, che a metà tragitto sembrava sempre più pesante. Una volta entrato in stazione, scoccò un'occhiata al suo solito posto, che quel giorno era vuoto, ovviamente. Fermo lì accanto c'era Mr Podgett, il banchiere con il figlio Billy che sperava di continuare a combattere per sempre. Mr Podgett si guardava intorno, controllando nel frattempo l'ora, probabilmente in attesa di un lustrascarpe; dopo un attimo però vi rinunciò e sparì tra la folla. Alfie raggiunse a passo spedito il bancone della biglietteria, ben più alto della sua testa, e aspettò il suo turno.

«Quanto per il Suffolk?» chiese, senza riuscire a vedere la persona dietro il bancone.

«Chi parla?» disse una voce di donna, e lui ripeté la domanda.

«Il giovanotto vuol sapere quanto viene un biglietto per il Suffolk» disse l'uomo in fila dopo di lui. «È troppo basso e non ci arriva, giusto?»

«Tre penny sola andata, cinque per il biglietto di andata e ritorno giornaliero, senza limiti di orario» disse la voce senza corpo. Alfie infilò una mano in tasca, contò con cura un penny, due mezzi penny e dodici quarti di penny, poi allungò la mano oltre il bancone e lasciò cadere i soldi.

«Oh, santi numi» disse la voce di donna.

Raccolse comunque i soldi dal bancone, e sferragliando una macchinetta entrò in azione; un attimo dopo, un biglietto cadde nello sportello. Alfie si allungò per prenderlo.

«Sarà meglio diventare più alti, figliolo» disse l'uomo alle sue spalle mentre si voltava. «Rende tutto più facile.»

Alfie ebbe la tentazione di fargli una linguaccia, ma

decise che era meglio di no: era il genere di cose che fanno i bambini e oggi lui non era un bambino, era un adulto. Perché quello che stava per fare era una cosa molto da adulti.

Controllò il tabellone delle informazioni, ma non c'era nessun treno con destinazione Suffolk. Poi si accorse che ce n'era uno in partenza per Ipswich, così raggiunse il binario indicato e rimase a fissare il treno, incerto se rischiare o meno. In fondo, l'ospedale si chiamava East Suffolk & Ipswich Hospital.

«Sali o no?» gli chiese un controllore battendogli sulla spalla. Controllò l'ora. «Animo, giovanotto. Parte tra un paio di minuti.»

«Salgo» disse Alfie decidendo di correre il rischio, e saltò a bordo.

Alfie non era mai stato su un treno prima d'allora, e nonostante l'importanza della sua missione – della sua missione segreta – non riuscì a evitare di sentirsi un po' emozionato quando si ritrovò seduto in una carrozza, ad aspettare che il controllore soffiasse nel fischietto e il treno iniziasse a muoversi. Si ricordò di quando suo padre gli aveva raccontato che prima di ottenere il posto alla latteria aveva pensato di lavorare sui treni, e si chiese se in quel caso le cose sarebbero andate diversamente. Gli era capitato di leggere sul giornale che alcune persone impiegate nei "servizi essenziali" potevano sfuggire alla coscrizione se "fornivano un valido sostegno sul fronte interno" e sapeva che i macchinisti e i controllori facevano parte di questa cerchia esclusiva. Ma poi si ricordò che in fondo suo padre non era stato chiamato alle armi, era partito volontario e quindi, tutto sommato, non avrebbe fatto alcuna differenza.

Pochi minuti dopo il treno iniziò a muoversi. Quando prese velocità, Alfie si voltò a guardare fuori dal finestrino. Era la cosa più emozionante che gli fosse mai capitata in tutta la sua vita. Rimase così a lungo a osservare il paesaggio scorrere che il collo iniziò a fargli male, e così si voltò; solo allora si accorse della giovane donna che era entrata nel suo vagone. Era seduta di fronte a lui, ma non accanto al finestrino, e leggeva un libro intitolato *La natura stupefacente della mente umana* del dottor F. R. Hutchinson. Alfie non era sicuro di che cosa significasse la parola "stupefacente" , e provò a ripeterla tra le labbra. Dopo un attimo, la donna alzò gli occhi.

«Tutto bene?» gli chiese.

«Sì, grazie» disse Alfie, e per l'imbarazzo si voltò di nuovo verso il finestrino. Si sentiva però addosso lo sguardo penetrante della donna.

«Non hai qualcosa di tuo da leggere? O hai intenzione di fissare il mio libro per tutto il viaggio?»

Alfie non disse nulla. Rimpianse di non essersi portato dietro Robinson Crusoe.

«Viaggi da solo?» continuò lei un attimo dopo.

Alfie si voltò di nuovo, e dopo aver deglutito nervosamente annuì.

«Incredibile» dichiarò la donna. «E quanti anni hai, dieci?»

«Nove» rispose Alfie, lusingatissimo. Gli davano dieci anni! Era un trionfo assoluto.

«E lasciano i ragazzi di nove anni viaggiare da soli sulle ferrovie? Non sarebbe mai successo quando ero piccola io, lascia che te lo dica. Mi ricordo che mio fratello Will scappò su un treno una volta e...» Si interruppe e si strinse nelle spalle. «Be', non importa» disse. «È successo tanto tempo fa. Sono sicura che non hai voglia di sentire questa storia.»

«Quanti anni aveva?» chiese Alfie.

«Quanti anni aveva chi?»

«Suo fratello. Quanti anni aveva quando prese il treno da solo?»

«Pochi più di te, se ricordo bene. Quattordici o quindici, direi. Si era messo in testa di andare a Londra a passare una giornata. Tornò a casa alticcio e che puzzava di profumo da donna. Ci fu una discussione tremenda. Me lo ricordo seduto sulla poltrona di mio padre, con i miei genitori a fargli la ramanzina, e tutto quello che sapeva fare lui era ridacchiare. Credo che sia la cosa più divertente che abbia mai visto in vita mia.» Rise e per un momento distolse lo sguardo, persa nei suoi pensieri; poi però spalancò gli occhi, e dopo aver battuto le palpebre furiosamente tornò a guardarlo, sorridendo.

«Ma tu non hai in mente piani del genere, vero?»

chiese. «Sei piuttosto giovane per quel tipo di depravazioni. A proposito, come ti chiami?»

«Alfie Summerfield» disse Alfie.

«Io Marian Bancroft» disse la giovane donna. «Puoi chiamarmi Marian, se ti va. Non ci tengo alle formalità. O Miss Bancroft, se ti fa sentire più a tuo agio. Piacere.» Tese la mano e Alfie rimase a fissarla, incerto su come doveva comportarsi. «Non ti hanno mai detto che è scortese non accettare una mano tesa?»

A quel punto, Alfie strinse la mano di Miss Bancroft. Nessun adulto gli aveva mai dato la mano, ma naturalmente lo aveva visto succedere un migliaio di volte.

«Molto bene» disse Marian con un cenno di approvazione. «A proposito, dove sei diretto?»

«Suffolk» rispose lui.

«Lo sai che questo treno va a Ipswich, vero? Ma è così lento che sarò un'anziana signora quando arriveremo. Era più semplice quando i treni partivano da Liverpool Street, ma per via dei bombardamenti hanno dirottato un sacco di linee, e adesso non si sa mai dove andare a prendere il treno che ti serve. Continuano a cambiare tutto e gli addetti della stazione servono a meno di niente. Si fa prima a chiedere le informazioni a un coniglio. Pensa, oggi sono andata a Paddington e a Vittoria prima di scoprire che sarei dovuta venire a King's Cross. E comunque, non è il caso di lamentarsi, credo, visto quello che è successo. Che orrore!»

Alfie annuì: aveva letto la notizia sui giornali, l'anno

prima. Uno squadrone di aeroplani tedeschi Gotha aveva sganciato delle bombe sulla stazione di Liverpool Street, ferendo e uccidendo tantissime persone. Anche la madre di un suo compagno di scuola aveva perso la vita, così come il fratello del preside, Maxwell. I morti alla fine erano stati 162. Più di 400 i feriti. Ancora una volta nomi e numeri, pensò Alfie.

«Ti andrebbe una caramella?» chiese Marian, e dopo aver frugato nella borsa estrasse un pacchetto di caramelle alla mela, che gli offrì. Erano tutte incollate e Alfie dovette per forza prenderne due per riuscire a staccarle. «Oh, va bene così» gli disse Marian con un gesto della mano. «Anzi, prendine pure tre. Prendile tutte, se vuoi. Io ne ho già mangiate fin troppe, ma, del resto, nel mio caso si tratta di vera e propria dipendenza. Se non sto attenta mi trasformerò in una caramella alla mela. Credo di essere l'unica persona in Inghilterra che in tempo di guerra sta ingrassando. Tutti hanno un aspetto decisamente malnutrito.»

Alla fine Alfie ne prese due: la prima se la mangiò subito, mentre la seconda se la infilò in tasca per dopo.

«Si riempirà di peli lì dentro» disse Marian aggrottando le sopracciglia. «Lavala prima di mangiarla se non vuoi beccarti qualcosa.»

Alfie annuì. Ai tempi in cui Mr Janáček aveva ancora il suo negozio di caramelle, quando il sabato mattina andava a prendere il giornale, Georgie comprava sempre un sacchetto di caramelle alla mela. Tornava con il giornale piegato a metà e Alfie se ne stava lì a guardarlo con un gran sorriso stampato in faccia, finché il suo papà non lo apriva. «Guarda cos'ho per te» diceva, e gli mostrava il pacchetto che c'era dentro.

«Ipswich è dalle parti del Suffolk, questo è certo» continuò Marian. «Quindi è probabile che tu sia sul treno giusto, tutto sommato. Hai parlato con un controllore?»

«Sì» disse Alfie.

«Gli hai detto dove volevi andare?»

«No.»

«Be', è qui che hai sbagliato. Vedi, non c'è ragione di salire su un treno se non sei del tutto certo che le vostre destinazioni, la tua e quella del treno, coincidano. A fare come fai tu si finisce a Edimburgo quando invece si cercava di andare in Cornovaglia. Ti piace la caramella? Stai facendo un rumore tremendo, però. Impara a succhiarla senza fare quell'orribile rumore con i denti, ti renderà molto più popolare tra i tuoi compagni di viaggio.»

Alfie non era sicuro di come fare a succhiarla in modo più silenzioso, così la ingoiò intera, deglutendo rumorosamente. Marian lo guardò severa, come se stesse valutando di cambiare carrozza (cosa che Alfie sperava facesse).

«E cosa vai a fare nel Suffolk?» chiese Marian. «Vai a trovare la fidanzata?»

«No» disse Alfie arrossendo fino alla radice dei capelli.

«Scherzo. Se vuoi sapere come la penso, i fidanzati danno più guai che altro. Il mio mi ha lasciata, ma non avrai voglia di sentir parlare di lui, vero? Dimmi, cosa ti porta da quelle parti?»

Alfie esitò, riflettendo su cosa rispondere. Aveva deciso di non rivelare la sua missione segreta a nessuno; né a Margie, né al vecchio Bill Hemperton, né a nonna Summerfield o a Joe Patience. Ma pensò che non correva alcun rischio a confessarla a un'estranea, soprattutto quando questa estranea sembrava sapere tutto di tutto.

«L'ospedale East Suffolk & Ipswich» disse piano.

«Oh» rispose lei, spalancando gli occhi per la sorpresa. «L'East Suffolk? Pensa, è dove vado anch'io! Che coincidenza! O forse no, visto che siamo chiaramente diretti nella stessa direzione. Ma perché mai un ragazzo della tua età dovrebbe andare all'East Suffolk? Non sarai un piccolo genio che è diventato medico all'età di cinque anni?»

«Vado solo a trovare una persona» disse lui.

«Vai a trovare una persona? Strano posto dove andare a trovare una persona, ma, va bene, non ti chiedo altro. Dimmi solo quello che ti va e tieni il resto per te. Non me ne importa molto. Devo assistere a una conferenza, che tu ci creda o no. Una noia mortale. Ma interessantissima, è ovvio» aggiunse lei, una contraddizione che per Alfie non aveva molto senso.

«Che genere di conferenza?» chiese lui.

Marian si strinse nelle spalle, e dopo aver frugato nella borsa estrasse un pacchetto di sigarette, che si accese con un movimento fluido e rapido di pollice, polso e acciarino. Quando davanti le si formò un'improvvisa nebbia di fumo, usò l'altra mano per diradarla. «Cose orribili» disse. «Meglio non iniziare neanche. Sono cose che ti prendono l'anima. Sei davvero interessato alla mia conferenza o stai solo cercando di essere gentile?»

«Sto solo cercando di essere gentile» disse Alfie.

«Oh, va bene, allora. Fa niente, te lo dirò comunque, visto che me lo hai chiesto. Vedi, io lavoro con i soldati che sono tornati dal fronte. Sai cos'è il fronte, vero? Lo sanno tutti, immagino. Dovresti vivere sotto un sasso per non saperlo. Sono soldati tornati in condizioni terribili; alcuni di loro, almeno. E così noi facciamo tutto il possibile per aiutarli. In questo periodo compio una specie di triangolo, non so se mi spiego. Abito a Norwich, ma ieri ho preso il treno e sono andata a Londra a trovare un'amica, una ragazza orribile con cui andavo a scuola e che adesso è un pezzo grosso nel movimento delle suffragette. Hai sentito parlare del movimento delle suffragette? No, immagino che tu sia troppo giovane, ma se qualcuno ti chiede, tu di' che sei a favore, capito? Ad ogni modo, ieri ho preso il treno per andare a Londra, e adesso ne prendo uno per andare a Ipswich, e assistere a questa conferenza. La tiene uno dell'ospedale di Manchester. Ne ha tenuta un'altra due mesi fa, e sono andata anche a quella. Metà degli uomini in sala si sono addormentati. Le donne no. Siamo state attente, noi. A che serve andarci se poi non ascolti? E per finire, stasera tornerò a casa a Norwich. Mio padre è vicario lì. Non ridere.»

Alfie scosse il capo. Perché avrebbe dovuto ridere? Marian non aveva detto niente di divertente.

«Posso portarti in ospedale, se vuoi» si offrì lei. «Quando arriviamo, intendo. Non è lontano dalla stazione, ma se non sai la strada, ti perderai di sicuro. E io non riuscirei a convivere con il peso di aver lasciato vagare senza meta un ragazzino di dieci anni che non sapeva da che parte andare.»

«Ho nove anni» disse Alfie per la seconda volta.

«Be', saranno dieci tra non molto, immagino. In genere, i ragazzini di nove anni ne compiono dieci a un certo punto. Sono quelli di diciannove che hanno qualche difficoltà a passare ai venti.» Si voltò verso il finestrino e rimase a guardare fuori per qualche istante, battendo le palpebre a più non posso; poi chiuse gli occhi e trasse un profondo sospiro. Alla fine si girò di nuovo, e rivolse ad Alfie una specie di sorriso. «E poi, se ti perdi a Ipswich, potresti fare in tempo a compiere gli anni prima di ritrovare la via di casa. Quindi, siamo d'accordo? Mi permetterai di mostrarti la strada?»

Alfie annuì; Marian aveva un modo di parlare che lo sfinava. Un sonnellino ci sarebbe stato bene, pensò, e si appoggiò sul sedile, voltandosi a guardare i campi che sfilavano fuori.

«E così abbiamo finito di parlare, a quanto pare» disse Marian, e Alfie si girò di nuovo verso di lei, ma la donna gli fece un cenno della testa. «Scherzo. Fai pure. Osserva il paesaggio. Io sto benissimo in compagnia di me stessa e del dottor F. R. Hutchinson. Se ti addormenti, ti sveglio io quando arriviamo. Ci vorranno almeno altre due ore. Forse di più. I treni ci mettono una vita di questi tempi. Non c'è motivo di preoccuparsi.»

Alfie annuì, si mise comodo e chiuse gli occhi. In realtà non voleva addormentarsi, ma pensava che a furia di ascoltare le chiacchiere di quella donna, rischiava di diventare mezzo matto. Non aveva mai sentito nessuno parlare così in fretta o avere così tante cose da dire. Sbadigliò, ma proprio mentre si diceva che schiacciare un pisolino sarebbe stato molto utile, gli venne in mente una cosa. Aprì gli occhi e si raddrizzò.

«L'ospedale, quello dove stiamo andando» chiese. «Che tipo di ospedale è?»

«Be', un ospedale per gente ammalata, è ovvio» rispose Marian.

«Sì, ma che tipo di gente ammalata?»

«Soldati ammalati. Quelli che sono sopravvissuti, ma fanno una gran fatica a sopravvivere, non so se mi spiego. C'è una parola, un termine specifico per definirlo. La conferenza a cui sto andando è proprio su questo. È una cosa terribile, ma sta diventando comunissima. Anche se c'è ancora qualcuno che si rifiuta di credere all'evidenza.»

Alfie la fissò. Aveva quasi paura a chiedere. «E che parola è?» chiese.

Marian Bancroft lo guardò e sorrise, ma non era un sorriso allegro: era più quel sorriso che accompagna le cattive notizie, e che cerca di non far agitare gli altri.

«Psicosi traumatica» disse.

Siamo giù di corda?

Are We Downhearted?

Nessun altro scese dal treno a Ipswich e Alfie si guardò intorno, sorpreso da quella stazione che non aveva per nulla l'aspetto di una stazione; non c'era una sala d'aspetto dove sedersi, tanto per cominciare, e neanche una biglietteria, né giovani lustrascarpe in attesa di clienti. A un certo punto, il treno si era fermato e aveva lasciato scendere Marian e Alfie.

«È chiaro che questa non è la vera fermata» disse Marian notando l'espressione perplessa di Alfie. «Ma la maggior parte dei treni non entra più nelle stazioni, perché così c'è meno rischio di bombardamenti. Si fermano vicino, o nei dintorni, e poi tocca farsi il resto della strada a piedi. A noi, però, non va tanto male, visto che l'ospedale non è lontano da qui.»

«Ma come si fa a sapere dove salire?» chiese Alfie.

«Si sa e basta» rispose Marian, con una scrollata di spalle. «Si sparge la voce. E se non lo si sa, si va fino alla fermata successiva, sempre che la si trovi.»

Uno stretto viale bordeggiato da siepi li guidò fino a

un incrocio. Da lì partivano tre sentieri, che conducevano in altrettante direzioni, ma non c'erano cartelli a indicar loro quale prendere.

«Li hanno tolti tutti» spiegò Marian. «In Inghilterra non ci sono quasi più cartelli, non l'hai notato? Non vogliamo che qualche intruso si orienti e trovi la strada. Ci sono spie dappertutto, o almeno così dicono. Io non ne sono tanto convinta, ma chi vuoi che mi ascolti? Per fortuna ho un buon senso dell'orientamento. Sarò stato un segugio in un'altra vita.»

Scelse il sentiero subito alla sua destra e si avviò a passo spedito, chiacchierando del più e del meno, mentre Alfie correva per starle dietro. Aveva ragione, però: l'ospedale non era lontano, e nel giro di pochi minuti, i sassi rotti che spuntavano sotto i loro piedi insieme al verde e alle erbacce lasciarono spazio a una strada più tradizionale, finché davanti a loro comparve l'ospedale East Suffolk & Ipswich.

Con quel muro imponente a corrergli intorno, il lungo vialetto che conduceva all'ambulatorio principale e gli edifici di mattoni gialli, più che a un ospedale somigliava a un castello. Guardandolo, Alfie si sentì crescere dentro una certa apprensione.

«Va tutto bene?» chiese Marian.

«Sì.»

«Sei sicuro di volerci proprio andare? Tra non molto passa un altro treno per Londra. Potresti tornare nel punto nel quale siamo scesi e iniziare a sbracciarti come un matto quando ne vedi arrivare uno all'orizzonte. Si fermerà di certo per farti salire. Be', è probabile, almeno.»

«Sono sicuro.»

«Andiamo insieme, allora?» chiese Marian. «Non c'è motivo di restare qui a fissarlo come se fosse una cartolina.»

«Rimango qui ancora un po', io» ribatté Alfie ritraendosi, con la sensazione che sarebbe stato meglio dividersi adesso.

«Che stupidaggini! Non posso lasciarti qui tutto solo! E poi, perché non mi dici chi stai andando a trovare? Forse possiamo chiedere a un'infermiera o a qualcuno che ti dia una mano.»

«Preferirei andare da solo» disse Alfie. «Grazie, comunque.»

Marian controllò il suo orologio. «Be', se sei proprio sicuro...» disse. «Sta a te decidere, naturalmente. Ma dopo dovrai tornare alla stazione da solo. Ti ricordi che strada abbiamo fatto per venire? Bene, allora.»

Gli tese di nuovo la mano e questa volta Alfie la strinse senza bisogno che lei glielo dicesse. «Ottimo» disse Marian annuendo con decisione, e quindi imboccò spedita il viale d'ingresso.

Alfie rimase per un po' ad osservarla, e poi si nascose dietro alla colonna del cancello, così che non lo vedessero dall'ospedale. Non voleva essere scoperto e rischiare di essere mandato via, senza contare che non sapeva bene quale sarebbe stata la sua prossima mossa.

I piani che aveva fatto arrivavano solo a raggiungere l'ospedale, il resto... be', quello era impossibile da prevedere. Ma per scoprirlo c'era un solo modo: entrare.

Alfie si incamminò lungo il vialetto, con la sensazione di dare un po' troppo nell'occhio: un ragazzino che arriva da solo, in pantaloni corti, maglione di lana e berretto, dopo tutto non può essere né un dottore, né un paziente, né uno studente che viene ad assistere alla conferenza.

Il sentiero era ben tenuto, e correva tra due grandi campi disegnando una linea diritta che conduceva fino all'entrata dell'ospedale. I prati erano rasati con cura, anche se non c'erano fiori. L'erba, invece, aveva quello strano aspetto a righe che hanno spesso i prati delle case di campagna, quando sembra che una striscia d'erba si pieghi da una parte e l'altra nella direzione opposta.

Una volta in fondo al vialetto, Alfie si ritrovò davanti a un grande portico su cui affacciava un portone di quercia a doppio battente, aperto, e si nascose dietro a una colonna a studiare la sua prossima mossa. Poco dopo dall'edificio uscirono due giovani donne, che indossavano un'uniforme molto diversa da quella di Margie, all'apparenza meno formale e con la camicetta molto più allentata sul collo; si fermarono sul vialetto a fumare una sigaretta, ovviamente senza immaginare che alle loro spalle ci fosse qualcuno.

«E dov'era il dottor Ridgewell quando succedeva tutto questo?» chiese la prima ragazza.

«Dove pensi che fosse?» rispose la seconda. «Seduto nel suo ufficio, a capo chino. Se ne stava alla larga.»

«E non è neanche uscito per parlarle?»

«Alla fine non ha avuto scelta. Lei ha detto che non se ne sarebbe andata finché lui non fosse uscito, che potevano chiamare la polizia per quanto le importava. Quando finalmente è comparso, avresti dovuto vedere che faccia aveva! Era furioso, furioso! Si può sapere il motivo per cui sta facendo tutto questo chiasso? le ha chiesto.»

«E lei?»

«Per il miglior motivo al mondo. Per amore.»

Alfie trasalì e per la sorpresa si portò una mano alla bocca. Era la stessa espressione che Mr Janáček usava sempre quando spiegava perché si fosse trasferito da Praga a Londra.

«Povera donna» disse la prima infermiera, e sospirando profondamente scosse il capo. «Gli è proprio devota, non pensi?»

«Be', per forza. È suo marito. Anche tu faresti qualunque cosa per il tuo Frank, no?»

«Sì, forse. Però, credimi, lo so che è una cosa terribile da dire, ma ci sono volte che ringrazio il cielo che sia stato ferito all'inizio. Lo ha tenuto lontano dal peggio. Certo, non poter più fare la sua parte lo demoralizza, ma io glielo dico sempre. Frank, gli dico, dovresti vedere come sono ridotti quei poveri ragazzi all'East Suffolk. Non sai la fortuna che hai avuto, Frank. Ah, non mi trattengo, Elsie. Ogni tanto ci vuole che qualcuno gli dica come stanno le cose.»

«Come vanno le gambe adesso?»

«Non bene.»

«E il suo umore?»

«Pure peggio.»

Alfie aggirò la colonna per non farsi notare e poi, mentre le due donne erano ancora voltate di spalle, entrò di corsa nell'atrio, dove si trovò davanti una serie di porte di vetro. Al di là, si intravvedeva un corridoio e del movimento. Altre tre infermiere entravano e uscivano dalle stanze che si affacciavano sul corridoio, mentre una quarta stava discutendo fitto con un medico molto più vecchio, che grazie alla sua barba bianca somigliava vagamente a Babbo Natale. Così distratti, non si accorsero di Alfie, che aprì una porta, corse dentro e si infilò in una stanza alla sua sinistra.

La prima cosa dell'ospedale che notò fu l'odore: un misto di detersivi, sudore, sangue e chissà cos'altro. Era nauseante. L'aria ne era impregnata, e faceva venire voglia di vomitare, ma Alfie si coprì il naso con la mano fino a quando non iniziò ad abituarcisi.

Si guardò intorno e pensò di essere finito in qualche tipo di ufficio. Al centro della stanza c'era un tavolo, su cui erano posate alcune tazze vuote e una teiera con un copriteiera lavorato a maglia. Appeso a una sedia c'era un grembiule con disegnata la mappa dell'Irlanda, e sotto scritto UN RICORDO DA SKIBEREEN. Una sala infermiere, decise Alfie. Non un ufficio. Una stanza dove le infermiere venivano a fare pausa. Un rumore alla sua sinistra lo costrinse a voltarsi: era un bollitore, con il vapore che già usciva dal beccuccio. Un istante dopo iniziò a fischiare, e Alfie trasalì perché sapeva che gli restavano pochi secondi prima che qualcuno arrivasse e lo scoprisse. Tornò di corsa in corridoio e si spinse un po' più avanti, cercando di ignorare l'eco flebile dei lamenti che sentiva, un suono che era difficile da decifrare; era come se, dietro quelle porte, ci fossero centinaia di persone che soffrivano. Si infilò in un'altra stanza, questa volta lungo il lato destro del corridoio, proprio mentre sentiva qualcuno entrare di corsa della sala da cui era venuto.

Dopo aver accostato la porta dietro di sé, si voltò, facendo un lungo respiro con gli occhi chiusi per il sollievo.

Quando li riaprì, scoprì di essere in una stanza dove c'erano dei letti. Seduto su quello accanto alla finestra c'era un uomo, con la camicia del pigiama sbottonata fino a metà sul torace. Aveva i capelli sottili e grigi, anche se il viso non era quello di un vecchio. Fissava Alfie con un'espressione terrorizzata, la bocca aperta, le mani premute contro le orecchie per non sentire il rumore del bollitore, il cui fischio acuto penetrava fino a lì. Alfie lo guardò atterrito, senza sapere che cosa fare. Solo quando qualche istante dopo il fischio smise l'uomo spostò le mani lentamente, molto lentamente e le posò sulla coperta. Quindi rimase a fissarle, con la bocca ancora aperta, e poi si voltò verso Alfie. Tremava leggermente.

Nel letto di fronte a lui, un altro uomo leggeva un romanzo. Quando arrivava alla fine di ogni pagina, la strappava, la accartocciava e la gettava per terra. Sul pavimento c'erano già decine di pagine. Sulla copertina c'era scritto *Madame Bovary*.

«Dov'è mia madre?» chiese il primo uomo. Alfie si voltò di nuovo verso di lui, ma non sapeva proprio cosa dire. «È fuori?» chiese ancora l'uomo. «Ha detto che sarebbe venuta questa mattina.»

«Credo di no» rispose Alfie. «In corridoio ho visto solo dottori e infermiere.»

«Ehi, tu» disse l'altro sbracciandosi come se fosse un bambino a scuola. Gli mostrò il libro. «Ha un amante, capisci?»

«Fallo smettere, ti prego» disse il primo, e piegandosi in avanti chiuse gli occhi.

«Smettere cosa?»

«Suo marito non lo sa» rise l'altro. «Del resto, lei è francese. Lo sai come sono fatte. Salterebbero su qualunque cosa.»

Il primo uomo spiccò un balzo in avanti sul letto, e Alfie trasalì per lo spavento, aprì di scatto la porta e tornò di corsa nel corridoio. Una volta lì, girò l'angolo e si ritrovò in una corsia in cui c'erano allineati dieci letti, cinque per ogni lato, tutti occupati. L'eco dei lamenti veniva da lì; ogni uomo sembrava provare le pene dell'inferno. Alcuni avevano la testa fasciata, altri tubi che uscivano dal corpo, dove scorreva sangue rosso scuro che veniva prelevato o spinto dentro. Alfie sentì lo stomaco contorcersi per la paura e guardò l'uomo nel letto accanto a lui. Se ne stava sdraiato direttamente sul materasso perché mancavano le lenzuola, e si muoveva in modo quasi impercettibile, come se non riuscisse a sopportare di restare fermo lì. C'era qualcosa che non andava in lui, ma Alfie impiegò un attimo a capire cosa. L'uomo non aveva il braccio sinistro – solo un moncherino che arrivava appena sopra il gomito – e la gamba destra era stata amputata all'altezza del ginocchio. Entrambe le ferite erano esposte e accanto al letto c'era un carrello con alcune garze pulite; qualcuno si stava prendendo cura di lui, ma si era allontanato. Forse la persona che era corsa al fischio del bollitore. Alfie cercò di non fissare i punti lividi e molli in cui gli arti si interrompevano in modo innaturale, ma era difficile non farlo. Vide il caos dei punti di sutura e la pelle che era stata ripiegata su se stessa al centro, lasciando un nodo raggrinzito con una sorta di chiodo nero in mezzo. Una fasciatura giallognola gli circondava il cranio e una benda gli ricopriva un occhio. Alfie lo guardò inorridito e l'uomo si voltò lentamente, battendo le palpebre dell'unico occhio; allo stesso tempo, allungò una mano e afferrò quella di Alfie. Il ragazzo trasalì e cercò di ritrarsi, ma l'uomo nonostante le ferite era troppo forte per lui e lo tirò verso di sé, sibilando qualcosa sottovoce. Alfie si puntò contro il materasso, ma appoggiò la mano su un oggetto morbido e traballante, un flacone pieno di uno strano fluido giallo scuro, che cadde non appena Alfie lo toccò, rovesciandosi sul pavimento. Alfie si divincolò, ma scivolò nella pozza di liquido che si era formata: solo quando ci cadde dentro capì che era il piscio di quell'uomo. Si sforzò in tutti i modi di non urlare, e dopo essere riuscito a fatica a rimettersi in piedi, fuggì di corsa fuori dalla stanza.

Suo padre non poteva essere lì; non era possibile. Nessuno poteva stare in un posto del genere senza diventare matto.

Una volta in corridoio, si fermò a riprendere fiato, e si guardò le mani bagnate chiedendosi se si sarebbe ammalato, e quindi si affrettò ad asciugarsele sui pantaloni. Si accorse che in mezzo c'era anche del sangue, che probabilmente era nell'urina dell'uomo. Girò su se stesso, con il bisogno disperato di fuggire da quegli orrori, e imboccò un altro corridoio. Era confuso adesso, disorientato… come aveva potuto pensare che andare lì fosse una buona idea? Sentiva cedere le gambe, come in quel sogno che faceva spesso, in cui non riusciva a correre perché gli sembrava di avere i piedi pesanti tonnellate.

Sperava di trovare un modo per uscire alla svelta dall'edificio, ma il corridoio conduceva prima a una postazione delle infermiere e poi a un'altra serie di porte di vetro. Era lì che Alfie voleva andare, ma accanto alla postazione c'erano due persone, un giovane medico e un'infermiera, che parlavano in tono preoccupato. Se avesse cercato di raggiungere le porte di vetro, i due lo avrebbero visto di sicuro. Alfie si accovacciò quindi davanti al bancone, che era più o meno alto quanto quello della biglietteria di King's Cross; questa volta, però, era felice di essere piccolino, perché lì dietro nessuno l'avrebbe visto.

«Quali?» chiese il medico, che parlava in modo molto affettato. «Ala B o ala C?»

«Ala C, dottore» disse l'infermiera con accento irlandese, e Alfie si domandò se non fosse lei la persona che aveva portato lo strofinaccio con la mappa disegnata sopra. «Il dottor Edgerton dice che tutti e quattro riceveranno le valutazioni finali questa settimana.»

«Ma che fretta c'è? Hanno almeno un altro mese di ricovero davanti.»

«Li rivogliono indietro» disse lei, e sebbene Alfie non potesse vederla, capì che intanto si stringeva nelle spalle. «È ridicolo, lo so. Ma non vedo cosa possa farci io.»

«Posso farci qualcosa io, però» insistette lui, con voce sempre più tesa.

«Allora falla, Arthur» disse lei. «Quegli uomini non sopravviveranno un mese laggiù. È assurdo rimandarli indietro. Santo cielo, se il ministero della Guerra non si preoccupa della loro salute, facciamo in modo che considerino almeno gli altri soldati, la cui vita sarebbe messa in pericolo dalla loro presenza.»

«Con me sfondi una porta aperta» disse il medico, irritato. «Lascia che me ne occupi io, intesi? Farò quello che posso. Se ci sarà da scatenare il putiferio, non mi tirerò indietro. Adesso, che mi dici di quelli del terzo piano? Cosa possiamo fare...»

E proprio in quel momento, senza alcun preavviso, Alfie starnutì. Si irrigidì all'istante, sperando contro ogni logica che non lo avessero sentito, ma ovviamente era impossibile. Un attimo dopo il medico e l'infermiera avevano già fatto il giro del bancone e lo stavano squadrando dall'alto.

«Che diavolo...?» chiese l'infermiera.

«E tu chi sei?» domandò in modo brusco il medico, probabilmente furioso di trovarsi davanti un ragazzino di nove anni seduto sul pavimento.

«Mi sono perso» disse Alfie.

«Perso? Come perso? Cosa ci fai qui? Parla, ragazzo!»

Alfie disse la prima cosa che gli venne in mente. «Mio padre è il lattaio» rispose (che non era una bugia vera e propria). «Lo sto aiutando nelle consegne» (che invece lo era).

I due lo fissarono, si guardarono a vicenda, poi si voltarono di nuovo verso di lui.

«Le provviste si consegnano sul retro» disse il medico girandosi dall'altra parte. «Come ormai dovresti sapere. Esci da quella parte.» Indicò una porta laterale che dava sull'esterno. «E non tornare mai più qui dentro, hai capito? In quest'ospedale ci sono uomini che soffrono. E non hanno certo bisogno di un ragazzino che se ne va in giro a scorrazzare, diffondendo chissà quale malattia. Per Dio, puzzi anche. Puzzi come se te la fossi fatta addosso. Non fai mai un bagno? Esci da qui, per amor del cielo.»

Alfie girò sui tacchi e corse verso la porta, con il cuore che batteva all'impazzata, ma gli cadde il berretto e fu costretto a tornare di corsa a riprenderlo. Per un attimo pensò che l'infermiera lo guardasse come se sapesse che stava mentendo, ma non osò dirle niente. Si limitò a voltarsi e correre fuori.

Era una giornata radiosa, sorprendentemente calda per essere ai primi di novembre; Alfie si tirò giù il berretto per proteggersi dal sole. Gli puzzavano ancora le mani di pipì e, così, quando notò una fontana al centro del prato, corse ad affondarci le mani anche se l'acqua era stagnante, dicendosi che per quanto potessero puzzare dopo, non sarebbe mai stato peggio. Mentre le scuoteva per asciugarle, osservò per bene il lungo sentiero di ghiaia, e vedendo che correva a fianco dell'ospedale decise di seguirlo.

Arrivato a un gruppo di alberi, esaminò per bene la

zona circostante e sospirò, frustrato. Svoltando a sinistra, sarebbe tornato verso il viale, il cancello d'ingresso, la stazione ferroviaria e Londra, e la sua missione segreta si sarebbe conclusa con un fallimento. Alla sua destra c'era l'ospedale, pieno di quei terribili pazienti, e niente al mondo avrebbe potuto convincerlo a tornare lì dentro. Gli dispiaceva per quei soldati feriti, ma in qualche modo non sembravano umani ai suoi occhi; chissà perché i dottori non facevano di più per aiutarli. Non c'era neanche un'infermiera in corsia, né un dottore, ad assistere quel poveraccio che era terrorizzato dal fischio del bollitore. Non doveva essere compito di qualcuno prendersi cura di loro? Era così anche nell'ospedale di Margie? Non riusciva a immaginare sua madre che lasciava i pazienti soffrire così tanto come quegli uomini sfortunati. Se suo padre fosse stato davvero lì, allora lui non lo avrebbe mai lasciato in un tale squallore.

Voleva farsi coraggio e continuare a cercare, ma l'idea di essere così lontano da casa iniziò ad agitarlo. Prima di allora, non si era allontanato da Londra che di poche miglia, mentre adesso aveva preso un treno per un'altra contea a più di due ore di distanza. E la verità era che era terrorizzato. Odiava quell'ospedale. Odiava quell'edificio, quell'orribile odore, le persone terribili, quei lamenti tremendi. Odiava tutto di quel posto e voleva solo tornare a casa. Per qualche ragione, gli tornarono in mente il dente saltato via di Joe Patience e quell'occhio viola, verde e giallo. Era il più vecchio amico di suo padre, e chissà perché non gli aveva nemmeno chiesto che cosa era successo, né come stesse. Georgie si sarebbe fermato; Alfie, invece, aveva tirato dritto.

Si voltò, e stava ormai per tornare verso casa quando tra i cespugli alla sua sinistra scorse un'apertura, un paio di centinaia di metri più avanti. Le siepi erano in perfetto ordine, così come il prato, ma c'era un varco largo quanto una porta che conduceva a un altro giardino, e qualcosa dentro Alfie, forse uno spirito da esploratore, lo spinse ad andare a scoprire come fosse fatto.

Il varco conduceva a un tortuoso corridoio di siepi, che curvava come in un labirinto. Alfie ne percorse un tratto, poi tornò indietro provandone un altro, e infine ne imboccò un terzo. Solo quando giunse in fondo al corridoio le siepi si aprirono del tutto, lasciando spazio a uno splendido giardino fiorito con vialetti a separare le aiuole e un laghetto. E con sorpresa e sgomento, Alfie si accorse di non essere solo, perché nel giardino c'era un gruppetto di uomini – cinque o sei – seduti in grandi sedie a tre ruote, ognuno con indosso una vestaglia e un plaid pesante sulle ginocchia. Uno di loro era piuttosto vicino a dove si trovava Alfie e il ragazzo lo guardò con apprensione; il più lontano era a una certa distanza, girato di schiena e con un cappello tirato sul capo chino per proteggersi dal sole.

Un'infermiera stava passando tra i pazienti, e così Alfie si nascose alla svelta tra le siepi. Dopo aver rivolto qualche parola a tutti gli uomini, l'infermiera proseguì per la sua strada, e scomparve attraverso un'altra apertura tra le siepi più lontane; Alfie poté uscire di nuovo alla scoperto. C'era un tavolino in un angolo con sopra alcuni libri, un paio di giornali, qualche mela e una brocca d'acqua. Alfie si avvicinò a dare un'occhiata. Qualcuno aveva eliminato le prime pagine dei giornali, così tutto quello che rimaneva erano notizie piuttosto insignificanti sui problemi con i minatori e i dettagli di un nuovo progetto di legge sull'istruzione al momento in discussione in Parlamento. C'era una fotografia di re George e della regina Mary a una mostra e un'altra del principe di Galles che teneva un discorso a un gruppo di infermiere. Alfie non riuscì a trattenersi: aveva proprio sete. Prese un bicchiere pulito, si versò un po' d'acqua e la bevve tutta d'un fiato, lasciandosi sfuggire un "Aaaah!" soddisfatto quando ebbe finito.

Si voltò, e si accorse che il giovane paziente – quello seduto più vicino a lui – lo stava osservando. Aveva i capelli neri e unti che gli ricadevano sulla fronte e una barba irsuta. C'era qualcosa nel suo viso... Alfie si disse che doveva essere più o meno quello l'aspetto del vecchio Bill Hemperton quando era ancora il giovane Bill Hemperton.

«Chi-chi-chi sei tu?» chiese l'uomo inciampando sulle parole; mentre parlava, guardava per terra.

«Nessuno» disse Alfie.

«Devi essere per forza qua-qua-qualcuno» disse lui.

All'inizio Alfie pensò di ripetere la storia del figlio del lattaio, ma per qualche strana ragione non voleva mentire a quell'uomo, anche se la sua non era una bugia vera e propria, ma solo una bugia a metà. «Sto solo...» iniziò. «Sto solo cercando un paziente, ecco tutto.»

L'uomo annuì e gli fece cenno di avvicinarsi. Alfie esitò. L'uomo alzò una mano e agitò le dita. «Vieni più vicino» disse. Questa volta Alfie fece un passo avanti con circospezione. «Più vicino» ripeté l'uomo. Alfie ubbidì e di nuovo l'uomo ripeté, questa volta come una specie di cantilena, «Più vicino!» Alfie era ormai a mezzo metro dal giovane paziente quando l'uomo si voltò di scatto, e afferrò il mento di Alfie. «Io non ci torno, hai capito» sibilò a voce bassa, sputacchiando saliva sul viso di Alfie. «Non ci torno, non potete costringermi. Prendetene un altro. Non potete costringermi, hai capito?»

Alfie si divincolò ansimando, e girò su se stesso in cerca dell'uscita, ma le siepi adesso sembravano più fitte e il sole picchiava con tale ferocia da accecarlo. Con la testa che ormai gli girava, si guardò ancora intorno, imboccò un sentiero a caso e iniziò a correre. Doveva tornare a casa. Non poteva restare in quell'orribile posto un minuto di più. Corse sempre diritto, sicuro di tornare al punto da cui era entrato, ma non fu così. Finì invece in fondo al giardino, dall'uomo nell'ultima sedia, quello con il capo chino e il cappello per proteggersi dal sole. Alfie lo superò di corsa con lo sguardo diritto in avanti, ma da quella parte del giardino non c'erano varchi nella siepe. Si voltò di nuovo e questa volta in lontananza scorse l'uscita. Tirò un sospiro di sollievo, e mentre ripassava accanto all'uomo sulla sedia lo guardò giusto per un attimo, ma fu un attimo abbastanza lungo da lasciarlo sconvolto, perché lo aveva riconosciuto. Si voltò a fissarlo.

L'uomo levò lo sguardo e Alfie rimase senza fiato.

«Papà!» disse.

Georgie Summerfield era seduto sulla sedia a tre ruote, e rosicchiandosi le unghie guardava il figlio, con gli occhi socchiusi, come se il suo volto non gli dicesse niente. Poi scosse il capo, abbassò lo sguardo e si mise a fissare le proprie pantofole. Era più magro di quanto Alfie ricordasse. Gli zigomi erano più pronunciati, gli occhi sembravano enormi, le labbra erano pallidissime, secche e screpolate.

«Papà, sono io» gridò correndogli incontro. «Sono Alfie!»

Georgie non diede l'impressione di riconoscerlo e continuò a fissarsi le pantofole, dondolando la testa. Si mise a borbottare qualcosa, ma Alfie non riuscì a distinguere le parole. Si chinò su di lui, ma quello che il suo papà stava dicendo non gli sembrava proprio avere senso.

«Nell'ultimo naturalmente, dove tenevano quelli di

latta, chi c'era, c'era Humberside, era sempre il migliore di loro, no, forse no, c'era Petey anche, alla fine lo hanno beccato, è colato a picco con una nave, è quello che ho sentito, mentre il resto di noi era lì a fare Dio sa che cosa. Resta dove sei e poi vai, è così che ci dicevano, di continuo, ma che senso ha? C'era... cos'era? Un pompelmo? No, certo che no, non c'erano pompelmi lì, mi sto sbagliando.»

«Papà!» gridò Alfie posando le mani sulle spalle di suo padre, che aveva perso buona parte dei suoi muscoli. Un tempo, Georgie aveva spalle molto forti a furia di sollevare i bidoni del latte. «Papà, mi riconosci? Sono io, Alfie.»

Georgie alzò gli occhi, ma non diede segno di riconoscerlo. Sorrise e riabbassò lo sguardo; per un attimo fu come se volesse riprendere a parlare, ma poi ci ripensò e rimase zitto, seduto lì immobile, senza dire niente, senza fare niente, a fissare il niente.

«Papà, ti prego» sussurrò Alfie. «Ho fatto tutta questa strada per vederti. Per salvarti!»

Ma Georgie si limitò a sospirare; era come se non lo sentisse. Alfie si alzò e si guardò intorno, disperato. Studiò gli altri uomini, ma nessuno di loro poteva aiutarlo. Aveva trovato suo padre; aveva fatto tutta quella strada e l'aveva trovato. Non era in missione segreta per il governo, quella era una bugia. E lo sapevano tutti, tranne lui. Ma che importanza aveva? Georgie non lo riconosceva più. Non riconosceva il suo stesso figlio.

«Papà» lo implorò.

Nessuna risposta.

«Papà!»

Sentì le lacrime riempirgli gli occhi, ma aveva deciso di non piangere. Rimase, invece, lì immobile, a osservare gli altri uomini che si dondolavano avanti e indietro, alcuni mormorando tra i denti, altri in silenzio; e poi lo sguardo gli cadde di nuovo sul tavolo con sopra i giornali e l'acqua, e lì ebbe un'idea. Lo raggiunse di corsa, afferrò un giornale, lo piegò a metà e si infilò una mano in tasca. Poi riattraversò il giardino, e fermandosi davanti a suo padre gli mostrò il giornale ripiegato. Georgie guardò il ragazzo, poi il giornale, e poi ancora suo figlio con l'aria incuriosita.

«Guarda cos'ho qui per te» disse Alfie, e aprendo il giornale gli mostrò la caramella alla mela, quella che Marian Bancroft gli aveva dato in treno e che lui si era messo in tasca per dopo.

Georgie la osservò, e mentre studiava concentrato quella piccola sfera verde, gialla e rossa, sul suo viso comparvero lentamente i segni di chi comincia a ricordare. La prese piano, e se la infilò in bocca. Poi guardò di nuovo suo figlio.

«Alfie» disse.

Oh! È una guerra magnifica!

Oh! It's a Lovely War!

Mentre aspettava che il discorso finisse, Alfie alzò gli occhi al cielo, scoraggiato. Nell'ultima ora a King's Cross si erano radunate così tante persone che lavorare era stato quasi impossibile. In tutto quel pigia pigia che gli si era scatenato intorno, Alfie aveva fatto fatica a mantenere la sua solita posizione tra i binari, la biglietteria e la sala da tè. La folla ascoltava un uomo in piedi su una cassa di tè, che continuava a ripetere che la guerra si sarebbe conclusa presto, che non bisognava perdere la speranza e che per Natale sarebbe tutto finito. La maggior parte dei presenti lo acclamava; alcuni gli urlavano insulti, ma erano a loro volta zittiti dalle persone che avevano intorno.

Natale, pensò Alfie scuotendo il capo, e raccolse da terra una spazzola di crine prima che un uomo sovrappeso con un vestito nero la pestasse. Finirà sempre per Natale. Ma com'è che aveva scritto Georgie in una lettera? Solo, non hanno detto quale Natale.

Estrasse dalla tasca la sua copia di *Robinson Crusoe* e si mise a leggere, cercando di isolarsi dal caos delle ovazioni e dei fischi che sembravano provenire in parti uguali dalla folla intorno.

«Io vi dico» ruggì l'uomo sulla cassa di tè «che il sacrificio che tutti voi avete fatto, che i vostri cari hanno fatto, sarà ricordato per sempre!» La sua voce si impennò sul "per sempre" e tutti esultarono selvaggiamente. «Vinceremo questa guerra con onore e porteremo i nostri ragazzi a casa!» Altra esultanza, altri spintoni tra la folla, e questa volta una donna per poco non gli cadde addosso; da gran maleducata, si appoggiò sulla sua testa con tutte e due le mani per sorreggersi. Alfie era furioso, davvero furioso. «Marceremo insieme!» continuò l'uomo. «Uniti contro la tirannia! Fermi nelle nostre convinzioni! La vittoria è alla nostra portata. La fine è vicina. Mantenete saldi i cuori e le menti, e porteremo a termine questo conflitto senza ulteriore spargimento di sangue. Grazie a tutti!»

I presenti urlarono e lanciarono i cappelli in aria, fatta eccezione per un uomo fermo lì vicino, che continuava a scuotere il capo. Voltandosi, notò che Alfie lo stava osservando. «La fine è prossima.» Alfie però distolse lo sguardo e si accorse con piacere che la folla iniziava finalmente a disperdersi. Scoccò un'occhiata all'orologio sopra la biglietteria: le due e un quarto. C'era ancora tempo per guadagnare qualcosa, se la fortuna fosse stata dalla sua parte.

«Lustrascarpe!» gridò, sforzandosi di imprimere alla sua voce la stessa forza e lo stesso piglio dell'oratore che aveva appena concluso il suo discorso, in modo da sovrastare il rumore della folla che si disperdeva. «Venite, signori. Lustrascarpe!»

«Credo che mi farò lucidare le scarpe, giovanotto» disse una voce alle sue spalle. Alfie si voltò: davanti a lui c'era l'oratore in persona, che lo guardava sorridendo. Era un uomo alto e magro, con dei gran baffoni e capelli scuri e folti pettinati da una parte. Aveva l'aria stanca, come di chi non dorme per una notte di fila da anni, ma negli occhi aveva un'espressione d'acciaio. Parlava con uno strano accento, che Alfie non riusciva a riconoscere.

«Ho il tempo, vero?» chiese l'oratore rivolto a un uomo con la valigetta che gli stava accanto, e che dopo aver controllato l'ora, annuì.

«Un po' di tempo c'è» rispose. «Ma dobbiamo essere a Palazzo per le tre.»

«Ce n'è in abbondanza, allora. In abbondanza» replicò sedendosi sullo sgabello dei clienti davanti ad Alfie. «Va' a prenderti una tazza di tè, Rhodhri, e lasciami qui a far due chiacchiere con questo ragazzo. Non mi capita spesso di avere l'occasione di parlare con un giovane. Come ti chiami, figliolo?»

«Alfie» disse.

«Un bel nome, proprio un bel nome» ribatté l'uomo annuendo. «Da ragazzo, avevo un amico che si chiamava

Alfie. Aveva sei spaniel e li aveva chiamati Alfie primo, Alfie secondo, Alfie terzo, e così via. Come se fossero re.»

«Mmm» disse Alfie. Trovava la cosa piuttosto ridicola. Per quanto ne sapesse, c'era stato solo un re Alfredo. Alfredo il Grande. Gli piaceva quel suono. Alfie il Grande!

«Ad ogni modo, mettiamoci al lavoro, ragazzo. Una bella lucidata alla punta, una spolverata ai lati e qualcosa per togliere quei segnacci dai tacchi. Non risparmiare sul lucido, mi raccomando.»

Alfie annuì, e dopo aver estratto spazzole e vasetti, sistemò la scarpa sinistra dell'uomo sul poggiapiedi.

«Forse non è una domanda da fare» disse l'uomo poi, «ma non dovresti essere a scuola oggi? O tutte le scuole di Londra hanno chiuso e nessuno ha avuto il buon gusto di informarmi?»

«Stavo male, signore» disse Alfie.

«E allora che ci fai qui?»

«Volevo dire, il mio insegnante stava male. Così ci hanno dato mezza giornata di vacanza.»

«Non credo a una parola. Ma non ci impunteremo certo su una piccola bugia a fin di bene. Quantomeno, sei qui a guadagnarti da vivere per la tua famiglia e non a sprecare il tempo per le strade a far niente. Dai quello che guadagni a tua madre, spero.»

«Certo, signore» disse Alfie evitando di spiegare che se n'era tenuto da parte un po' per la sua missione segreta e che se ne stava tenendo ancora di più adesso per la missione segreta parte seconda, che avrebbe richiesto piani ancora più precisi della prima, ma era di gran lunga più importante. E decisamente più pericolosa.

«Bravo ragazzo. Ci sai anche fare molto bene, devo dire» aggiunse l'uomo guardando le mani di Alfie correre veloci sulle scarpe, aggiungendo la giusta quantità di lucido qua, togliendo un po' di sporco là, con i panni e le spazzole che si muovevano come se fossero indipendenti dalle sue mani. «Devi essere del mestiere da un po' di tempo. Un vero piccolo professionista, eh?»

«Grazie, signore» disse Alfie battendo leggermente con le dita sulla punta della scarpa sinistra per indicare che aveva finito. L'uomo spostò il piede, lo sostituì con l'altro e Alfie si rimise al lavoro.

«Un tempo, mio cugino Thomas faceva il lustrascarpe alla stazione di Llanystumdwy» disse l'uomo; estrasse di tasca una pipa, e lasciando il tempo al fiammifero di attizzare il tabacco nel fornello, l'accese. «Che strano tipo che era. Non si tagliava mai i capelli perché diceva che gli facevano paura le forbici del barbiere. Era convinto di avere terminazioni nervose in ogni capello, capisci? Ma è una cosa successa tanti anni fa, ovviamente. È piacevole starsene seduti qua, comunque. Non ho molto tempo per starmene seduto a far niente.»

«Quindi lei ha un lavoro, signore?» domandò Alfie. Aveva immaginato che fosse disoccupato, dato che poteva permettersi di andarsene in giro per le stazioni in pieno giorno a mettersi in mostra.

«Oh, ce l'ho, ce l'ho» disse l'uomo.

«Tenere discorsi?» chiese Alfie.

«Tra le altre cose. Anche se la politica dovrebbe consistere più nel fare le cose che nel parlare delle cose da fare, non credi? Però se non vai tra la gente, pensano che ti sia dimenticato di loro e iniziano a guardarsi in giro per vedere se non c'è qualcun altro in grado di svolgere il lavoro meglio di te. Sai chi mi ha detto questa cosa?»

«No, signore.»

«Il re» rispose con un sorriso. «Capita che faccia un commento degno di nota di tanto in tanto. Ne ha fatto uno anche l'anno scorso. Me lo sono segnato da qualche parte. Ogni giorno è buono per il prossimo, ormai. Ad ogni modo, attendiamo con fiducia.»

Alfie si interruppe e lo guardò a bocca aperta. «Lei ha davvero incontrato il re?» domandò.

«Certamente. Molte volte. Lo vedo almeno due o tre pomeriggi a settimana. Anzi, il caso vuole che abbia proprio un incontro con lui tra circa mezz'ora.»

Alfie sorrise e scosse il capo. Con il suo lavoro, gli capitava di imbattersi in gente di tutti i generi, e anche se quest'uomo aveva un aspetto abbastanza rispettabile, era senza dubbio un matto o un visionario, o tutt'e due le cose insieme. Scoccò un'occhiata verso l'ingresso della stazione, dove un gruppo di uomini vestiti di tutto punto fumava e chiacchierava, e poi, con terrore, vide una donna passare proprio in mezzo a loro e guardarsi intorno come se si fosse persa.

L'ultima persona che Alfie si aspettava di vedere.

Sua madre, Margie.

«Lavori qui tutti i giorni, vero, ragazzo?» chiese l'uomo. Alfie si voltò di nuovo verso di lui battendo le palpebre.

«Mi scusi, signore?»

«Mi chiedevo se lavori qui tutti i giorni. Puoi dirmi la verità. Non la riporterò in Consiglio.»

«Quattro giorni la settimana» disse Alfie; in qualche modo sentiva che quello strano cliente non l'avrebbe riferito al suo preside. «Martedì, mercoledì, venerdì e sabato. Vado a scuola il lunedì e il giovedì.»

«E la domenica?»

«La domenica mi riposo» disse Alfie. Sua madre, ora, stava frugando nella borsa; quando lei levò lo sguardo, Alfie raccolse il berretto da terra, svuotò quel che aveva guadagnato sul fondo della cassetta del lucido di Mr Janáček, e si calcò il berretto in testa in modo da nascondersi il viso.

«Non sei il primo a farlo» disse l'uomo. «Cosa non darei per poter riposare una domenica! Sarebbe come festeggiare tutti i Natali in un colpo solo.»

Alfie osò dare un'altra occhiata in giro: sua madre adesso era in mezzo all'atrio, e osservava il tabellone delle informazioni, controllando intanto anche l'orologio sopra la biglietteria; poi, prima che lui facesse in tempo a girarsi, Margie guardò diritto dalla sua parte. Alfie abbassò in fretta gli occhi e si calcò ancora di più il berretto sulla fronte, per poi rimettersi a lucidare. Sbirciò di lato, e si sentì una stretta allo stomaco: Margie marciava proprio verso di lui, con l'aria di chi non riesce a credere a quello che vede. Alfie scrollò il capo, affranto. Era stato colto sul fatto. Sarebbe saltato fuori tutto.

Non avrebbe mai potuto portare a termine la sua missione segreta parte seconda. Georgie sarebbe stato condannato a restare in quel posto orribile per sempre.

«Non ci credo» disse Margie, ormai sopra di lui. «Per un attimo mi sono chiesta se i miei occhi non mi stessero giocando uno scherzo quando ho visto quello che ho visto.»

Alfie allungò una mano per togliersi il berretto, ma prima che potesse farlo, l'uomo intervenne.

«Se si sta chiedendo se sono la persona che lei pensa che io sia» disse l'uomo, «ebbene sì, lo sono.»

«Mi sembrava, infatti» disse Margie. «L'ho riconosciuta dai giornali.»

«David Lloyd George» disse l'uomo, porgendole la mano.

«Margie Summerfield» disse Margie.

«È un piacere, signora.»

Alfie trattenne il fiato. Era davvero possibile che lei non l'avesse visto? Forse sì. Era proprio sopra di lui, certo, ma Alfie aveva il berretto ben calcato sulla fronte. E lei il lustrascarpe non lo guardava neppure.

«Non avrei mai pensato che il primo ministro potesse starsene seduto a farsi lucidare le scarpe in pieno pomeriggio» disse Margie. «Lo sa che c'è una guerra in corso, no?»

«Sì, Mrs Summerfield, lo so» disse l'uomo, con voce più profonda. «Ma anche ai primi ministri è concesso qualche minuto da dedicare a loro stessi.»

Alfie riusciva a malapena a credere alle sue orecchie. Il primo ministro?

«Mi scusi» disse Margie. «Sono stata indelicata.»

«Non si preoccupi.»

«È che sono così stanca.»

«La prego» insistette lui. «Non mi ha offeso. Viviamo tempi difficili.»

«Le posso chiedere una cosa?»

«Prego.»

Margie non esitò. «Quando finirà questa benedetta guerra? E, per favore, non mi dica per Natale. Mi dia una risposta onesta. Anche se non è quella che voglio sentire.»

Mr Lloyd George fece una lunga pausa, e alla fine si limitò a sospirare, stringendosi nelle spalle. «Non lo so» disse. «Presto, spero. Molto presto. Posso essere del tutto onesto con lei?»

«Certo.»

«Potrebbe finire entro una settimana o trascinarsi per sempre. Dipende da varie questioni che al momento si stanno risolvendo. Ma io sono fiducioso, Mrs Summerfield. Rimango fiducioso. Ha un marito nei campi di battaglia?»

Margie scosse il capo. «Non più» disse.

«Sono molto addolorato.»

«No, mi ha frainteso» disse Margie in fretta. «Non è morto. È in ospedale.»

«Ferito?»

«Non fisicamente.»

Un'altra pausa. «In che modo, allora?» chiese lui.

«La chiamano psicosi traumatica, mi sembra» disse Margie, e a quel punto Alfie spalancò gli occhi. Era lo stesso termine che Marian Bancroft aveva usato sul treno.

«Ah, sì» disse Mr Lloyd George. «Sì, è proprio così che la chiamano. Mr Asquith me ne ha parlato. È difficile capire come agire.» Alfie non sapeva più che cosa pensare: quella conversazione stava scivolando nell'assurdo. Mr Asquith che parlava di psicosi traumatica? Adesso le aveva sentite proprio tutte. «Quando un uomo ha avuto la gamba spappolata, la prova è lì sotto gli occhi di tutti. Quando dice che la sua mente è distrutta, in quel caso...» La frase restò in sospeso.

«Crede che questi uomini mentano?» chiese Margie con una chiara punta d'acciaio nel tono. «Pensa che siano dei codardi? Che non vogliano combattere?»

«Nient'affatto» rispose lui. «Non ne so abbastanza, è questa la verità.»

«Allora, forse, dovrebbe saperne di più.»

«Sì» disse Mr Lloyd George. «Sì, forse dovrei.»

Margie diede un'occhiata all'orologio. «È meglio che mi muova» disse. «Vado a trovare mio marito in ospedale.»

«In quale si trova?»

«L'East Suffolk & Ipswich.»

«È un buon posto. Gli auguro una rapida guarigione.»

«Faccia qualcosa» disse Margie chinandosi in avanti; era così vicina adesso, che se avesse soltanto gettato un'occhiata alla sua sinistra e un po' più in basso, avrebbe incrociato lo sguardo di suo figlio. «Faccia qualcosa per porvi fine. La prego.»

E con questo, si voltò e si incamminò a passo spedito verso la biglietteria, aprendo la borsa per tirar fuori il borsellino.

«Una donna sconvolta» disse Mr Lloyd George rimettendosi a sedere con un sospiro. «Ce ne sono così tante i cui cari sono morti o feriti. Dimmi della tua famiglia, ragazzo. Hai fratelli, un padre?»

«Niente fratelli, no» disse Alfie.

«E non ne hai mai avuti?»

Alfie aggrottò le sopracciglia: che strana domanda. Poi però capì quello che l'uomo intendeva e scosse il capo. «No» disse. «Ci sono solo io, da sempre.»

«E tuo padre?» continuò Mr Lloyd George, con una nota di apprensione nella voce. «Se la cava?»

«È in Francia» disse Alfie mentendo. «È laggiù a fare la sua parte.» Una frase che aveva sentito dire al vecchio Bill Hemperton in almeno un centinaio di occasioni.

«Spero che stia bene» disse il primo ministro. «Devi essere orgoglioso di lui, vero?»

Alfie non disse nulla: si limitò ad annuire e continuò a pulire le scarpe del primo ministro. Diede un'occhiata alla biglietteria e si chinò un po' di più, in modo da nascondere il viso il più possibile, se sua madre si fosse ancora girata verso di lui.

«Lei è davvero il primo ministro?» chiese, dopo un momento.

Mr Lloyd George annuì. «Sì, ragazzo. Sempre che tu mi creda. Non ho l'aspetto di un primo ministro, secondo te?»

Alfie ci pensò su. «Non saprei» disse. «Non saprei che aspetto dovrebbe avere un primo ministro.»

«Immaginati un uomo» disse Mr Lloyd George. «Alto circa un metro e ottanta. Con i baffi e la pipa. Mettigli un sorriso cordiale e un accento gallese ed eccoti servito. Il modello esatto di un perfetto primo ministro britannico.»

Alfie sorrise. Gallese! Certo, ecco cos'era quell'accento.

«Conosco una persona che vuole diventare primo ministro» disse, dopo un momento.

«Ah, davvero? E come si chiama questo tuo amico?»

«Kalena Janáček. E non è un mio amico, è una mia amica.»

Mr Lloyd George scoppiò a ridere e scosse il capo. «Forse volevi dire che le piacerebbe sposare il primo ministro?» disse, ma Alfie lo guardò indispettito.

«No» disse. «Vuole proprio diventare il primo ministro. Lei stessa.»

«Be', è un'idea radicale» replicò Lloyd George pensandoci sopra e intanto aspirò qualche boccata di fumo. «Del resto viviamo in un'epoca radicale, mio giovane amico, quindi non escluderei niente. Puoi dirle che te l'ho detto io.»

«Non la vedo più» disse Alfie.

«Perché no? Avete litigato?»

«L'avete portata via» disse Alfie. «Lei e suo padre. Sono stati spediti all'Isola di Man.»

Il primo ministro annuì e rifletté. «Janáček, è così che hai detto, vero? Cos'erano, austriaci? Polacchi?»

«Inglesi. Lei è nata a tre porte da casa mia.»

«Un nome curioso per una ragazza inglese.»

«Suo padre veniva da Praga.»

«Quindi, mezzo austro-ungarica, mezzo inglese, allora.»

«Non era una frazione.»

Mr Lloyd George guardò il ragazzo con un'espressione accigliata e assorta. «Sei un tipo sveglio» disse dopo una lunga pausa. Alfie scoccò un'altra occhiatina verso la biglietteria: Margie adesso era la prima della fila e stava parlando con l'addetto dietro il bancone.

«Come le sembrano, signore?» chiese, e si ritrasse per lasciare che il primo ministro esaminasse le sue scarpe.

«Ottimo lavoro, ragazzo mio» disse. «Te ne sono molto grato. Ho un appuntamento con Sua Maestà tra una ventina di minuti ed è importante essere al proprio meglio quando si va a corte dai reali.» Alfie spalancò gli occhi: era stranissimo immaginare di aver lucidato un paio di scarpe che presto sarebbero state di fronte al re. «È chiaro che anche quelle del re sono sempre luccicanti» aggiunse Mr Lloyd George. «Credo che tra il suo personale abbia un ragazzo che se ne occupa per lui. O un intero stuolo. Immagino che li mantenga all'interno del Palazzo. Sarebbe una bella posizione per un tipo come te, non credi?» aggiunse con un sorriso, e Alfie ne soffocò uno ancora più grande: era un'idea fantastica. «Ad ogni modo» disse il primo ministro dopo un attimo. «Quanto ti devo?»

«Un penny, signore» rispose, e dopo essersi infilato una mano in tasca, il primo ministro lanciò nel berretto di Alfie tre penny. «Uno per te, uno per tua madre e uno per tenere tuo padre lontano dai pericoli» disse. «Be', ciao, Alfie. Grazie per le scarpe.»

Margie si staccò dal bancone della biglietteria, proprio mentre Mr Lloyd George raggiungeva l'uomo che lo accompagnava. La mamma di Alfie guardò dritto negli occhi il primo ministro, che era abituato ad essere fissato dalla gente, ovviamente, quindi non si voltò dall'altra parte, ma si inchinò in modo educato e si toccò la punta del cappello, per poi proseguire per la sua strada. Alfie si spostò dietro la colonna per continuare a osservarla: Margie osservò il primo ministro ancora per un po', poi scosse il capo e si incamminò verso il binario due, dove salì a bordo del treno. Solo quando fu a distanza di sicurezza, Alfie corse fino al tabellone delle informazioni per scoprire dove andasse quel treno.

Non fu sorpreso dalla destinazione indicata: Ipswich.

In genere a quell'ora aveva già lasciato la sua postazione, ma Alfie era deciso ad aspettare, visto che quell'uomo in genere si presentava proprio il martedì pomeriggio. Il tempo scorreva lento, ma alla fine la sua pazienza fu ricompensata, perché levò lo sguardo, e si ritrovò davanti il dottore dell'ospedale East Suffolk & Ipswich, lo stesso a cui la settimana prima erano volate le carte per tutta la stazione e che adesso gli si avvicinava a passo spedito. Alfie lo fissò, deglutendo.

«Una lucidata, grazie» disse l'uomo.

Alfie annuì e si sedette con la schiena dritta, preparando ancora una volta il materiale, mentre l'uomo si sistemava sullo sgabello e appoggiava il piede sul poggiapiedi. «Mi ricordo di te» chiese. «Eri qui la settimana scorsa.»

«Sono qui tutte le settimane, signore» disse Alfie. «Mi chiamo Alfie.»

«Dottor Ridgewell» disse l'uomo.

«È un soldato, signore?»

«Una specie. Ero un medico specialista prima della guerra. Adesso lavoro in un ospedale militare.»

«Vorrei diventare anch'io dottore un giorno» disse

Alfie, anche se in realtà la cosa non lo interessava affatto. Ma sapeva che ai grandi piaceva quando i ragazzi della sua età fingevano di essere interessati ai loro lavori.

«Davvero?» chiese il dottor Ridgewell, compiaciuto. «Be', suppongo che da qualche parte si debba pure cominciare. Che tu ci creda o no, mi guadagnavo la paghetta facendo il sabato le consegne per il pescivendolo del mio quartiere. Certo, io sono stato fortunato. Anche mio padre era medico. Come lo era il suo prima di lui. Ma c'è un tizio in ospedale, il dottor Morehampton, e suo padre, non ci crederai, era un carbonaio. E un altro, il dottor Sharpely, che è figlio di un fruttivendolo. Quindi ce n'è di tutti i tipi, direi. Cosa fa tuo padre?»

«È nell'esercito.»

«Be', sì, certo. Giusto così, del resto. Ma cosa faceva prima?»

«Lavorava alla latteria di Damley Road» disse Alfie. «Guidava il carro del latte.»

«Un lavoro più che dignitoso» annuì il dottor Ridgewell, soddisfatto dalla risposta. «E sono quasi certo che presto tornerà a farlo. La guerra finirà per Natale. Non ci sono dubbi su questo ormai.»

Alfie non disse nulla.

«Che tipo di dottore è lei?» chiese dopo un po', finendo una scarpa e passando all'altra.

«In che senso?»

«Cura quelli che hanno preso un raffreddore? O quelli con una gamba rotta?»

«È piuttosto complicato» rispose il dottor Ridgewell. «Sei sicuro di volerlo sapere?» Alfie annuì. «D'accordo, allora. Mi occupo di medicina della mente. Gente che ha perso qualche rotella, non so se mi spiego. Tizi un po' svitati. Uomini che confondono lucciole con lanterne. Capisci cosa intendo?»

«Non proprio» rispose Alfie, che non aveva la minima idea di che cosa volessero dire le parole del dottor Ridgewell.

«Matti» spiegò l'altro. «Sai cosa significa diventare matti, vero?»

«Sì. A volte penso che potrei diventarlo anch'io.»

«Be', allora sai di cosa sto parlando. Mi occupo di chi ha la mente un po' confusa.» Si picchiò la tempia con il dito. «Ce ne sono molti di questi tempi, com'è ovvio. Tutti questi tizi che tornano dalle trincee. Quelli che tornano vivi, intendo. Non è facile per loro. Hanno visto tante cose terribili, sperimentato traumi di ogni genere. È una cosa che può mettere a soqquadro le normali capacità intellettive.»

«E poi cosa succede?» chiese Alfie, e levò lo sguardo smettendo per un attimo di lucidare.

«Dipende» rispose il dottor Ridgewell. «Alcuni non riescono a riprendersi. Certo, è troppo presto per dirlo, ma alcuni, forse, sono persi per sempre. Per altri potrebbero volerci anni. Ad alcuni, invece, basta una bella chiacchierata per riportarli alla ragione. Come ti dicevo, dipende. Non c'è una regola valida per tutti.»

«E ce n'è qualcuno che muore?»

«Oh, mio Dio, no» disse il dottor Ridgewell. «Non è quel tipo di malattia. Anche se suppongo che qualcuno potrebbe chiamarla una "morte vivente". Uomini che hanno attraversato un numero infinito di attacchi, bombardamenti, sparatorie, e assistito a miriadi di cose terribili, al punto che la loro mente ha fatto le valigie e ha detto al proprietario "Tu vai per la tua strada e io vado per la mia." È un brutto affare. Ad ogni modo, questo è quello che faccio. Cerco di rimettere insieme questa gente. Allora, come andiamo lì? Finito?»

Alfie annuì e spostò il panno. «Come nuove» disse.

«Gran bel lavoro» disse il dottor Ridgewell. «Sei proprio in gamba, lo sai? Se un giorno deciderai di entrare in medicina, sarà una grande perdita per il mondo dei lustrascarpe!» Si alzò e lanciò un penny nel berretto di Alfie. «Be', arrivederci, allora. Ci vediamo la prossima settimana, immagino.»

Sì, pensò Alfie, mentre il dottor Ridgewell si allontanava.

Forse.

Silenzio, arriva la granata

Hush, Here Comes a Whizz-Bang

La vernice verde sulla porta d'ingresso stava iniziando a scrostarsi, e tracce di rosso facevano capolino da sotto come cicatrici. Alfie rimase lì davanti, nervoso, chiedendosi se fosse una buona idea o meno. Prima che potesse decidersi, però, la porta si aprì ed eccolo lì, proprio di fronte a lui. Joe Patience L'obiettore del numero sedici.

«Alfie» disse, sorpreso. «Mi sembrava di aver sentito qualcuno qui fuori. Iniziavo a preoccuparmi. Sono felice che sia tu e non qualcun altro.» Si sporse veloce sulla strada, diede un'occhiata sia a destra che a sinistra per assicurarsi che non ci fosse nessun altro e poi rientrò nell'ingresso.

«Salve, Mr Patience» disse Alfie.

«Mr Patience? Dammi del tu, lo sai. Cosa ti porta da queste parti? È passato tanto tempo dall'ultima volta che sei venuto a bussare qui.»

«Volevo chiederti una cosa. Ho bisogno del tuo aiuto.»

Joe inarcò un sopracciglio. Negli ultimi giorni il livido intorno all'occhio era un po' migliorato: i colori erano confluiti in un'unica tonalità azzurra e non aveva più lo stesso aspetto fragile di prima.

«Non sapevo a chi altro chiedere» proseguì Alfie. «Sono in missione segreta. Anzi, sono già stato in missione segreta. Adesso, ne ho iniziata una nuova.»

Joe lo guardò perplesso, quasi non sapesse bene che cosa fare, ma alla fine si spostò di lato e fece accomodare Alfie. «Be', sarà meglio che entri, suppongo» disse. «In ogni caso, non mi piace restare con la porta aperta troppo a lungo.»

Entrare nelle altre case di Damley Road aveva sempre fatto ad Alfie uno strano effetto, perché era un po' come entrare in casa sua, solo con alcune sottili differenze. Le stanze erano uguali, i corridoi conducevano nella stessa direzione, o al limite nella direzione speculare, ma mentre in casa sua ogni mobile e ogni oggetto che lui, sua madre e suo padre possedevano gli erano familiari – gli ornamenti, i soprammobili, i cuscini – nelle case degli altri le cose che vedeva gli erano del tutto estranee.

Alfie si guardò intorno, e la prima cosa che notò nel soggiorno di Joe Patience fu il gran numero di libri in mostra. Sulle pareti correvano file di scaffali e ogni spazio libero era occupato da volumi rilegati, alcuni in lingue che Alfie non riconobbe neanche. Joe vide il modo in cui Alfie si guardava intorno meravigliato e con la bocca spalancata, e sorrise.

«Ti piace leggere, Alfie?

«Mi piace *Robinson Crusoe*» rispose lui. «Mr Janáček me lo ha regalato quando ho compiuto cinque anni. A quel tempo non sapevo ancora leggere granché, ma da allora l'ho già riletto tre volte. È il miglior libro che sia mai stato scritto.»

«È un bel libro, certo» disse Joe Patience. «Ma finché non avrai letto ancora un po', dovresti sospendere il giudizio. Che altri libri hai letto?»

Alfie scosse il capo. «Solo qualche libro di racconti a scuola, ma nessuno bello come *Robinson Crusoe*. Hai letto tutti questi libri?» chiese, domandandosi quanti fossero. Si sporse all'indietro e guardò il corridoio, pieno anche quello di libri allineati su tutte e due le pareti, e in cucina, dove ce n'era un'altra fila sopra i fornelli. Il clarinetto di Joe era appoggiato contro il tavolo della cucina. Un tempo lo suonava fuori dalla porta. Prima della guerra, naturalmente. Lo sentiva tutta la strada. Adesso suonava sempre e solo dentro, in privato.

«La maggior parte. Non mi è rimasto molto altro da fare in questi giorni. Allora, hai intenzione di dirmi cosa ci fai qui o devo tirare a indovinare?»

Alfie fissò Joe: chissà qual era il modo migliore di dire quello che aveva da dire. Aveva la stessa età di Georgie, trentun anni, ma a guardarlo sembrava molto più vecchio. Aveva borse profonde sotto gli occhi, forse per il troppo leggere, forse per la mancanza di sonno, e una cicatrice che correva lungo una guancia. Sulla tempia sinistra c'era una striscia di pelle molto liscia, dove non crescevano i capelli. Era come se si fosse ustionato in malo modo.

«Tu sai chi è mio padre» disse Alfie, alla fine.

«Certo che lo so» rispose Joe con una risatina. «Siamo cresciuti insieme, non ricordi?»

«E sai della guerra?»

Joe esitò per un momento, ma poi annuì. «Sì» disse.

«Be', quando mio padre è partito per la guerra, ricevevamo sempre le sue lettere; sembrava che se la passasse bene» disse Alfie, e mentre iniziava a raccontare a Joe quello che sapeva sentì che le parole uscivano una dopo l'altra come un fiume in piena. «Solo che a un certo punto le lettere hanno smesso di arrivare o almeno, io pensavo che fosse così, ma la verità era che la mamma le teneva per sé e non me le lasciava più leggere. Io però le ho trovate, perché lei le teneva sotto il materasso, e le ho lette, e non avevano molto senso, la maggior parte di loro, almeno; o lo avevano all'inizio, quando raccontava delle cose terribili che succedevano, ma poi dopo un po' smetteva di parlare di quelle cose e diventava tutto confuso.»

«Rallenta, rallenta» disse Joe facendo un cenno con la mano. «Tuo padre è partito per la guerra, fin lì ci arrivo. Se sei preoccupato perché non si è tenuto in contatto, be', i soldati non sempre riescono a scrivere. Sono impegnati a combattere, è ovvio, e...»

«Il mio papà non è impegnato a combattere» disse Alfie scuotendo il capo.

«No?» chiese Joe distogliendo lo sguardo, e di fronte a quel gesto Alfie rimase senza fiato, sbigottito.

«Tu lo sai, vero?» gli chiese. «Tu sai di mio padre!»

«So cosa?»

«Tu lo sai!»

«Alfie, non capisco di cosa parli.»

«Il mio papà è in ospedale. A un paio d'ore da qui. È lì da... be', non lo so da quanto.»

«Ah» disse Joe Patience.

«Solo che io non dovrei saperlo.»

«Allora, come lo hai scoperto?»

«Sono in gamba» disse Alfie. «Ci sono arrivato. Ma tu lo sapevi, vero? Te lo leggo in faccia.»

Joe fece cenno di sì con il capo. «Sì, lo sapevo» disse. «Sei stato a trovarlo, Alfie?»

«Sì.»

«Ti ha riconosciuto?»

«Alla fine. Ma non era come prima. Mi riconosceva e un attimo dopo non mi riconosceva più. Poi sono arrivate le infermiere e così ho dovuto tagliare la corda. Ma prima lui mi ha urlato qualcosa. Le infermiere non ci hanno fatto caso, ma io sì. Io l'ho sentita quella parola e so che la stava urlando proprio a me.»

«Cosa diceva?»

«Casa.»

Joe fece una faccia strana, poi prese le sigarette e se ne accese una. Alfie aveva notato che tutte le volte che i grandi volevano fermarsi a riflettere, facevano così: si armavano di tabacco e fiammiferi.

«E tu? Sei stato a trovarlo?» gli chiese Alfie dopo un po'.

Joe annuì, aspirando una lunga boccata di fumo. «Una volta a settimana, tutte le settimane» disse. «Da quando sono uscito di prigione, ovviamente.»

«Perché non me lo hai mai detto?»

«Me lo ha chiesto tua madre. Ma dato che ormai lo sai anche tu, immagino che non ci sia più ragione di mentire. Cosa dice Margie di tutta questa storia?»

«Non lo sa» ammise Alfie. «Non gliene ho parlato.»

Joe fece un cenno con la testa: non ne sembrava sorpreso nemmeno un po'.

«Posso chiederti una cosa?» disse Alfie dopo un lungo silenzio.

«Certo» rispose Joe stringendosi nelle spalle. «Chiedimi pure quello che vuoi.»

«Perché ti chiamano l'obiettore del numero sedici?»

Joe lo guardò perplesso. «Perché è qui che vivo» disse.

«No» disse Alfie scuotendo il capo. «Fino a lì ci arrivo. È la prima parte che non capisco. Cos'è un obiettore?»

Joe accennò un sorriso. «Non sai cosa significa obiettore?»

«No.»

Joe annuì. «È solo la versione abbreviata di un'espressione più lunga» spiegò. «Un po' come accorciare una parola. Prendi il vecchio Bill Hemperton, per esempio: tutti lo chiamano Bill ma il suo vero nome è William. O come quando si usa ma' per dire mamma.»

«E allora il resto di obiettore qual è?» chiese Alfie.

«L'espressione intera è obiettore di coscienza» disse Joe. «Indica qualcuno che non vuole combattere in guerra per motivi umanitari, religiosi o politici.»

Alfie aggrottò le sopracciglia e abbassò lo sguardo, concentrandosi sui cerchi nella trama del tappeto e su come si intersecavano tra di loro. C'erano molte parole in quella frase che non capiva. Alzò di nuovo gli occhi, confuso.

«All'inizio» spiegò Joe, «prima della leva obbligatoria, gli uomini si arruolavano di loro volontà, per andare a combattere. Tuo padre si arruolò proprio il primo giorno, ti ricordi?» Alfie annuì. «Me lo vedo ancora, impettito nella sua uniforme, camminare tutto orgoglioso per Damley Road. Io ero fuori a lavare le finestre. "Georgie" gli dissi. "Non sarai andato ad arruolarti, vero? Dimmi che non lo hai fatto."

«"Vado a combattere per il re e per la patria" mi rispose.

«"Per chi? E cosa ha mai fatto il re per te?"

«"Niente di particolare, ma un uomo deve..." e tutte quelle idiozie.

«Mi ricordo che lo fissai, Alfie, come se avesse perso la testa. Come se avesse perso del tutto la ragione. "Devi essere matto" gli dissi.

«"Tu dici così adesso, Joe, ma verrà anche il tuo tempo. Vedrai che per fine settimana anche tu ti sarai arruolato."

«"Ci saranno gli asini che volano sul palazzo del Parlamento quando quel giorno arriverà, Georgie" gli dissi. "Io non mi arruolerò per andare a uccidere altre persone. E cosa mi hanno mai fatto i tedeschi, in fondo? Niente di particolare."

«Ma tuo padre si limitò a ridere e scuotere la testa, ripetendo che sarebbe venuto anche il mio tempo. Lo guardai bene, mentre entrava in casa vostra, e mi chiesi che cosa sarebbe successo lì dentro. Cosa avrebbe pensato tua madre. Cosa avresti pensato tu.»

«Nonna Summerfield ripeteva che era la fine, era la fine per tutti» disse Alfie.

«E un po' ha indovinato, mi sembra. Ascoltala sempre, tua nonna, Alfie. I vecchi, loro lo sanno come vanno le cose. Ne hanno vista qualcuna nella vita.»

«Tu non le piaci molto» disse Alfie piano.

«Una volta le piacevo. Adesso non mi capisce, ecco tutto. È una brava donna, però, Alfie. Ha fatto molto per me quando ero piccolo. Mi ripuliva quando... insomma, si prendeva cura di me dopo che...»

«Dopo cosa?» chiese Alfie.

«Il mio vecchio mi picchiava a sangue» disse Joe abbassando lo sguardo; era a disagio, e non riusciva a tenere fermi i piedi. «Picchiava anche mia madre. Aveva i pugni facili, il mio vecchio. Io avevo paura di lui. Mia madre aveva paura di lui. Sai chi era l'unica persona a non avere paura di lui?»

«Chi?»

«Tua nonna Summerfield» disse Joe. «Quando lui era sul piede di guerra mi teneva nascosto nel suo armadio. Una volta in pratica le buttò giù la porta d'ingresso per tentare di prendermi, e questo solo perché mi ero dimenticato di ripulire lo schifo che c'era sul retro della latrina. Tua nonna afferrò un mattarello, e con tutta la sua audacia gli si piazzò davanti e disse: "Se non esci da questa casa subito, Sam Patience, ti spacco la testa in due, mi hai capito?" E qualcosa in lei dovette spaventarlo, perché lui prese e uscì. È un tipo tosto quella vecchia, non c'è che dire.»

Alfie cercò di immaginarsi la scena: nonna Summerfield che affrontava un prepotente!

«E poi, quando avevo la tua età» continuò Joe, «fece in modo che smettesse di picchiarci del tutto.»

«Come ci riuscì?»

«Mise insieme cinque, sei uomini di Damley Road e li mandò a parlare con il mio vecchio. Tanto per chiarire alcune cose. Dargli una piccola spiegazione. Io non so cosa gli dissero, ma da quel giorno non alzò più un dito né su di me, né su mia madre. E quando morì, investito da un carro che trasportava carbone, mentre tornava barcollando verso casa, ubriaco, tua nonna si assicurò che a me e mia madre non mancasse niente. Lo so cosa pensa di me adesso, Alfie. Glielo leggo in faccia tutte le volte che mi passa di fianco per strada, ma io devo molto a quella donna. Vorrei solo che capisse, nient'altro.»

«Non le piacciono gli obiettori» disse Alfie. «Ma è anche vero che non voleva che mio padre si arruolasse. Per me non ha molto senso.»

«Ascolta, Alfie» disse Joe spegnendo la sigaretta ma solo per accendersene subito un'altra. «Neanch'io al tempo approvai quello che fece tuo padre. Mi dissi che era matto. Ma lo ammirai lo stesso. Non pensava a sé. È vero, in quel caso non pensò neanche alla sua famiglia, ma lasciamo da parte questo discorso per ora. Partì, come molti altri uomini da queste parti. Nel 1914 c'era la smania di arruolarsi, Alfie, la smania. Sembravano tutti pensare che fosse solo un gioco. Ma almeno lui è sopravvissuto. Guarda il povero Charlie Slipton del numero ventuno. Non è durato a lungo, lui.»

«Una volta mi ha tirato una pietra in testa senza alcun motivo al mondo» disse Alfie, che sembrava non riuscire a farsene una ragione.

«Forse mirava a qualcos'altro e l'ha mancato. Ti avrà colpito per sbaglio. Ad ogni modo, quando nel 1916 arrivò la leva obbligatoria, dissero che ogni uomo sano tra i diciotto e i quarantuno anni doveva arruolarsi, a meno che non fossero vedovi, e con uno o due figli di cui occuparsi. Nessuna voce in capitolo! Nessun diritto a esprimere un'opinione! Ma è lì che gli obiettori di coscienza si fecero avanti. Gli obiettori, come ci chiamano per far prima. Eravamo in tanti, sai. In tanti a prendere posizione e rifiutarci di combattere.»

«Avevi paura?»

«Sì!» disse Joe chinandosi in avanti e guardando Alfie dritto negli occhi. «Certo che avevo paura. Che razza di idiota non avrebbe paura ad andare in qualche Paese straniero a scavare trincee e uccidere delle persone che non ha mai visto, prima che una di loro possa uccidere lui? Solo un pazzo non avrebbe paura. Ma non fu la paura a convincermi a non arruolarmi. Non fu perché sapevo che potevo rimanere ferito o ucciso. Fu proprio il contrario. Fu il fatto che io non volevo uccidere nessuno. Non sono stato messo su questa Terra per uccidere il mio prossimo. Sono cresciuto con la violenza, capisci? Non riesco a sopportarla. Quello che mi ha fatto il mio vecchio mi ha spezzato qualcosa nel cervello, è questa la verità. Se adesso uscissi per strada, e colpissi un uomo in testa con un martello mandandolo al Creatore, mi metterebbero in galera. Per un crimine del genere potrebbero perfino impiccarmi. Se però mi rifiuto di andare in Francia a fare la stessa cosa, mi mettono in galera lo stesso. Dimmelo tu: dov'è la giustizia in questo? Dov'è il senso?»

Alfie ripensò al lungo periodo – quasi due anni – in cui non aveva visto Joe. Quando era ricomparso in Damley Road sembrava diverso. Era più vecchio e più triste. E aveva tutte quelle cicatrici.

«E poi cosa ti è successo?»

«Mi portarono dentro» disse Joe scrollando le spalle, e si girò a guardare dall'altra parte. «Mi misero sotto processo. Dissero che ero un codardo. E mi spedirono in galera. Comunque un cambiamento rispetto a tutte le piume bianche che ricevevo dovunque andassi.»

Alfie lo guardò perplesso. «Piume bianche?» domandò.

«È così che fanno. Le donne, soprattutto. Gli uomini ti aggrediscono e basta. Le donne, invece, ti danno una piuma bianca. Lo fanno a tutti i giovani che vedono senza l'uniforme addosso. Significa che sei un codardo. È brutto, Alfie, è davvero brutto. Ti vengono incontro per strada e sono tutte sorrisi; ti avvicinano con l'aria di essere amiche che non vedi da tempo, o una cugina dimenticata, oppure una ragazza con cui andavi a scuola, o magari solo con l'aria di una a cui piaci. E quando anche tu ti fermi, frugano nella borsa, e senza dire una parola tirano fuori una piuma e te la spingono in mano. Poi si allontanano, spavalde. Non aprono mai bocca. E tutti quelli che sono per strada vedono cos'hanno fatto, tutti. E ti guardano. Farebbero prima a prendere un ferro rovente e marchiarti da codardo. È una cosa orribile, Alfie, orribile.»

Alfie si ricordò del giovane a cui aveva lucidato le scarpe prima del funerale del fratello. Aveva accennato a qualcosa del genere. Una donna mi è venuta incontro in mezzo a Piccadilly Circus. Ha aperto la borsetta e di fronte a tutti lei... lei...

«E la prigione?» disse Alfie dopo un attimo. «Com'era?»

«Come pensi che fosse?» chiese Joe. «Mi ci misero perché non volevo combattere, e ho finito per passare più tempo a combattere in carcere di quanto avessi mai fatto prima. Lì dentro, gli altri mi attaccavano per via delle mie convinzioni. Non tutti, certo. C'erano anche altri obiettori, e ci picchiavano a turno. Vedi questa cicatrice?» Joe indicò lo sfregio profondo sulla guancia e Alfie annuì. «È il risultato dell'essere stato in galera. E questa?» E si sfiorò la bruciatura sulla testa. «È meglio che tu non sappia come me la sono procurata o cosa mi hanno fatto. Ad ogni modo, quando sono uscito, non sapevo cosa fare. Così sono tornato a casa. La cosa buffa è che adesso non è più come prima. Ti sarai accorto che zoppico.» Alfie annuì, se n'era accorto. «È così da quando un altro prigioniero mi ha aggredito. Così adesso zoppico e sono pieno di cicatrici e posso camminare da una parte all'altra di Londra senza che nessuno mi dia piume bianche, perché tutti pensano che sia stato ferito in guerra. Sai come si chiama questa, Alfie, vero?»

Alfie scosse il capo.

«Ironia» rispose Joe abbozzando un sorriso, ma in realtà non sembrava particolarmente felice. «Questa è proprio quella che chiamano ironia. Leggi qualcos'altro oltre a *Robinson Crusoe* e ti accorgerai che questa parola di tanto in tanto sbuca fuori.»

«E i lividi che hai sul viso?» chiese Alfie. «Quelli recenti?»

«Colpa mia» disse Joe con un sorriso amaro. «Non dovrei aprire la porta di notte. Gli ubriachi. Arrivano dopo che i pub chiudono.»

Alfie si mise a riflettere, e nel silenzio riusciva a sentire il rumore del suo respiro. Ripensò a quello che Joe gli aveva raccontato, e per tutto il tempo l'obiettore non disse nulla, ma si limitò a rimanere lì, e attendere che fosse Alfie a parlare.

«E non hai voglia di andartene da qui?» chiese il ragazzo alla fine. «La gente è stata così cattiva con te. Non hai voglia di andartene da qualche altra parte?»

«E dove? Questa è casa mia.»

«In un posto dove poter ricominciare. Potresti sposarti, avere dei figli.»

Joe sorrise e scosse il capo. «Non credo che ci sia una donna disposta a sopportarmi.»

«Perché no? Ho letto sui giornali che tutte le ragazze di Londra cercano marito. C'è una moria di giovani a Londra di questi tempi, è così che c'era scritto.»

«Una penuria» lo corresse Joe.

«E Helena Morris aveva una cotta per te, lo sanno tutti. Potresti sposarla.»

«Piuttosto scavo un buco fino al centro della Terra con la lingua» disse Joe battendosi una mano sul ginocchio con aria nervosa. «Ci sono persone portate per le storie d'amore. Come tuo padre. Mi ricordo quando conobbe la tua mamma. Non ho mai visto un uomo tanto innamorato! E anche lei era cotta di lui. Fu tutto così facile. E così ingiusto. Alcuni di noi be', non hanno quel tipo di fortuna.»

«Pensi che mio padre avesse torto?» chiese Alfie; non era sicurissimo di cosa significassero le parole di Joe, ma era sicuro che avessero a che fare con le convinzioni per cui si era ficcato tanto nei guai. «Ad andare in guerra, intendo? Credi che sarebbe dovuto restare a casa e diventare un obiettore come te?»

Joe Patience scosse il capo. «Io non dico agli altri cosa fare» disse. «Non dico agli altri cosa dovrebbero pensare o non pensare. Io vivo la mia vita. Tuo padre è un uomo coraggioso e ha fatto quello che pensava fosse giusto. Ma anch'io sono un uomo coraggioso. Puoi anche non crederci, Alfie, e possono non crederci pure quelle donne di Trafalgar Square e Piccadilly Circus e quelle altre che se ne vanno in giro per Regent Street come se capissero qualcosa di cos'è il coraggio. Ma anch'io sono un uomo coraggioso.»

«Voglio riportarlo a casa» disse Alfie.

«Riportare a casa chi?»

«Il mio papà.»

Joe inarcò un sopracciglio. «Ma è in ospedale.»

«Lì non migliora per niente. Ed è un posto terribile. Puzza, c'è sangue dappertutto e i pazienti non fanno che urlare o dare fuori di matto. Non posso lasciarlo lì. Se lo riportassi a casa, io e la mamma potremmo aiutarlo a star meglio. Lo rimetteremmo a posto.»

«Come fai a sapere com'è l'ospedale?» chiese Joe.

«Ci sono entrato.»

«Sei entrato dove?» chiese con un sussulto. «Alfie, ma cosa ti è saltato in mente? Entrare in un posto come quello da solo? Non capisci il pericolo che hai corso?»

«Non m'importa» insistette Alfie. «Il mio papà era lì. E io dovevo vederlo.»

Joe aggrottò le sopracciglia, andò alla finestra e si mise a fissare la strada. Proprio in quel momento stava passando Mrs Milchin, del numero sette. Arrivata all'altezza della porta di Joe, ci sputò sopra.

«Devi parlarne con tua madre» disse Joe alla fine.

«No.»

«Perché no?»

«Dopo avere scoperto del papà, sono tornato dritto a casa per dirlo alla mamma» spiegò Alfie. «Pensavo che lei credesse davvero alla storia della missione segreta per il governo. Ma quella sera lei era già uscita per andare in ospedale per il turno di notte, e quando è tornata io dormivo. E poi, il giorno dopo è corsa di nuovo al lavoro, e io sono andato a King's Cross a fare il lustrascarpe.»

«A fare cosa?»

«Il lustrascarpe» ripeté lui. «È per aiutare la mamma. Ci sarà pure una guerra in corso, ma c'è un mucchio di gente che ci tiene ad avere le scarpe pulite. Sto facendo la mia parte anch'io, no? E l'ho vista salire su un treno per Ipswich. Quindi lei lo sa che lui è lì, eppure ha deciso di lasciarcelo. Non capisce che sarebbe meglio riportarlo a casa.»

Joe si mise a passeggiare per la stanza in preda all'agitazione. «Allora forse ha ragione lei, Alfie» disse. «L'ospedale è il posto migliore per lui. Lo so, fa schifo lì, ma dobbiamo credere che i dottori sappiano cosa stanno facendo. Si prenderanno cura di lui. Lo faranno star meglio.»

«Ma se quasi non mi riconosceva!» urlò Alfie alzandosi. «Non sta migliorando. Lì non riusciranno a rimetterlo a posto. Io posso farcela. Se lo riporto qui, dove è giusto che stia.»

«Alfie, perché sei venuto da me?» chiese Joe agitando le braccia. «Perché mi hai raccontato tutto?»

«Perché il vecchio Bill Hemperton ha sempre detto che tu sei il padrone di te stesso e che mio padre è il tuo più vecchio amico, così sono venuto a chiederti di aiutarmi.»

«Aiutarti a fare cosa?»

«A farlo evadere.»

Joe spalancò gli occhi. «Farlo evadere?» chiese. «Vuoi fare evadere tuo padre dall'ospedale?»

«E riportarlo a casa. Non posso farcela da solo. Ho pensato che tu avresti potuto aiutarmi.»

Joe scosse il capo. «Non posso, Alfie» disse. «Tu credi di aiutarlo, ma potresti finire per peggiorare la sua situazione.»

«No» gridò Alfie.

«Devi parlarne con tua madre. O con tua nonna! Di' loro ciò che sai. Potreste andare lì tutti insieme. A lui forse farebbe piacere ricevere la visita delle tre persone che ama di più al...»

«No» insistette Alfie. «Tu devi aiutarmi. Non c'è nessun altro di cui mi possa fidare.»

«Be', mi dispiace» disse Joe scuotendo il capo. «Ma non posso.»

Alfie strinse i pugni e per la frustrazione tirò un pugno al divano. Uno dei cuscini esplose e l'imbottitura volò dappertutto. Alfie guardò le piume fluttuare, poi ne afferrò una – bianca – e corse a schiacciarla sul petto di Joe.

Joe la tenne tra le mani, fissandola con occhi spenti. «Alfie» disse con un sospiro profondo colmo di dolore, il dolore più grande che Alfie avesse mai sentito nella voce di un uomo fino a quel momento; e nell'istante in cui pronunciò il suo nome, Alfie scappò in corridoio, spalancò la porta e si precipitò fuori, correndo come un matto per Damley Road, con la voglia di allontanarsi quanto più possibile da chiunque abitasse in quella strada.

Metti tutti i guai in quella vecchia sacca e vai

Pack Up Your Troubles in Your Old Kit Bag

Alfie arrivò a King's Cross appena dopo le dieci del mattino, così da poter prendere uno dei primi treni per l'ospedale. Era lunedì, e il lunedì di solito andava a scuola dato che c'era Storia, ma per quel lunedì aveva altri programmi: era il giorno in cui aveva deciso di far evadere il suo papà dall'ospedale per salvargli la vita.

Con in spalla una sacca da viaggio, comprò un biglietto di andata e ritorno da Londra a Ipswich e uno di sola andata da Ipswich a Londra. (Dopotutto, Georgie là non ci sarebbe tornato.) Questa volta trovò il binario senza difficoltà e si sedette in fondo alla carrozza, senza parlare con nessuno, deciso a immergersi in *Robinson Crusoe*.

Quando arrivò più o meno nella zona in cui la settimana prima era smontato insieme a Marian, si guardò intorno: chissà se c'era qualcuno che doveva scendere lì. Gli sembrava però di essere l'unico, e così iniziò a preoccuparsi che il treno non si fermasse affatto. Ma alcuni minuti dopo sentì con sollievo i motori iniziare a rallentare, finché il treno si fermò con un gran stridore di freni. Alfie saltò giù, si incamminò lungo lo stretto viale, superò l'incrocio e percorse il sentiero che portava all'ospedale East Suffolk & Ipswich.

Una volta raggiunto il cancello principale, rimase lì fuori ad aspettare alcuni minuti per assicurarsi che non venisse nessuno a chiedergli che cosa ci faceva lì. Poi corse dietro un albero per occuparsi di certi bisogni personali, e infine, sentendo che era arrivato il momento buono, scattò e a tutta velocità attraversò il viale d'ingresso. Ma arrivato alle porte dell'ospedale, un cane gli si parò davanti ringhiando e Alfie si bloccò di colpo. Da quando il terrier di Jack Tamorin del numero venti lo aveva azzannato alla mano mentre lui cercava di dargli un osso, i cani gli facevano un po' paura. Alfie rimase immobile a guardarlo, in attesa, ma il cane dopo un po' parve perdere interesse, e trotterellando se ne tornò dentro.

Chi porterebbe un cane in ospedale? si chiese Alfie. Non sembrava molto igienico.

Una finestra si aprì alle sue spalle e lui si schiacciò contro un muro, proprio mentre una giovane donna si sporgeva per controllare il viale. Le era così vicino che allungando una mano l'avrebbe toccata, ma lei non guardava sotto il davanzale della finestra. Osservava il cancello.

«Non c'è nessuno lì fuori, Bessie» disse voltandosi.

«Mi sa che hai le visioni. Non ci sei con la testa. Avresti bisogno del tuo Henry, ecco di cosa avresti bisogno.»

«Magari» rispose una voce da dentro la stanza. «L'ultima volta che ho ricevuto sue notizie era da qualche parte intorno ad Antwerp. Sarò fortunata se lo rivedrò prima di Natale.»

«Per Natale sarà tutto finito» disse la prima ragazza richiudendo la finestra, e qualsiasi cosa le ribatté l'altra donna a quel punto, Alfie non la sentì. Ma si augurò che fossero parole di semplice sufficienza, com'era giusto.

Fece il giro dell'edificio e imboccò il sentiero che portava al varco nella siepe dove la settimana prima aveva visto i pazienti seduti al sole. Sperava di non trovare il giovane con i capelli lisci e scuri che lo aveva afferrato per il braccio, ma scoprì che quel giorno in quella parte del giardino non c'era nessuno: i pazienti dovevano essere tutti dentro. Il tavolo con i giornali e le mele era ancora al suo posto, e sopra c'era un merlo appollaiato, che becchettava sul ripiano alla ricerca di briciole. Alfie proseguì, e in uno slargo al di là della siepe trovò due uomini seduti sulle loro sedie a tre ruote, avvolti in cappotti pesanti e con una coperta sulle ginocchia. Sembravano tutti e due molto sereni, ma non si parlavano. Uno dei due era voltato di spalle, come Georgie la settimana prima, e Alfie non riusciva a distinguerne il viso.

«Ciao» disse l'uomo più vicino a lui, posando il libro sulle gambe e togliendosi gli occhiali. «E tu chi saresti?»

Alfie lo guardò esitante: non era venuto per fare

conversazione con gli altri oggi, ma forse era meglio non inimicarsi nessuno, e rischiare che chiamassero un medico o un'infermiera.

«Alfie Summerfield» disse.

«Avevo un fratello che si chiamava Alfie» disse l'uomo sorridendogli. «Hanno chiamato il suo numero a Ypres. È una parola maledettamente difficile da pronunciare, Ypres, non pensi? Mi ci è voluto un sacco di tempo per imparare a dirla bene.»

«Sì, signore» disse Alfie, e gli passò accanto per raggiungere l'uomo in fondo allo slargo.

«Non andartene» disse l'uomo, e qualcosa nella sua voce, come un'implorazione, costrinse Alfie a fermarsi e guardarlo. Non era poi così vecchio. Poteva avere al massimo venticinque anni. Non sembrava ferito, e si capiva che si era lavato da poco perché profumava di sapone e aveva i capelli soffici. «Che ci fai qua? Non vediamo molti ragazzi della tua età da queste parti, Anzi, non ne vediamo affatto.»

«Sto cercando il mio papà» disse Alfie.

«È un dottore?»

Alfie stava per dire di no, che era un paziente, ma ci ripensò. «Sì» disse. «Pensavo che potesse essere qui fuori.»

«I dottori li vediamo solo dentro» disse l'uomo. «Soltanto le infermiere vengono qua a occuparsi di noi. Meglio così, del resto. Sono molto più carine. Ma, dimmi, tu dov'eri?»

Alfie lo fissò, senza capire bene il significato della domanda. «Dov'ero?» chiese.

«Sì, dov'eri? Francia o Belgio?»

Alfie lo guardò perplesso. «Da nessuna parte» rispose.

L'uomo si sporse in avanti e inarcò un sopracciglio. «Non sarai un obiettore, vero?»

«No, signore.»

«Ah, bene, allora» disse con un sospiro, appoggiandosi allo schienale. «Fa male, non è vero?»

«Cosa?» chiese Alfie.

«Non lo senti nella testa? Io sì. Anche se in giardino è così tranquillo. Chiedo sempre che mi portino qui fuori, con qualunque tempo. Dentro non ci resisto. Tutti quei lamenti e quel digrignare di denti È qualcosa di biblico, a volte.»

Nemmeno a farlo apposta, si sentì un gran botto venire dall'edificio, come una porta che sbatteva in un corridoio a causa della corrente. Alfie si voltò d'istinto per guardare, e quando si girò di nuovo il giovane era ad occhi chiusi, come se contasse piano nella sua mente.

«Il dottor Ridgewell mi dice di fare così» disse dopo un momento, aprendo gli occhi, e abbozzò un tentativo di sorriso. «Sto piuttosto bene, davvero. Lunedì mi mandano a casa. Che giorno è oggi?»

«Lunedì» disse Alfie.

«Oh» considerò l'uomo. «Allora devono essersi sbagliati. È una parola difficile da pronunciare, non trovi?

Ypres. Ma, in fondo, è francese. Le cose facili non fanno per loro. Conoscevo una ragazza a Parigi, sai? Molto graziosa. Lavorava in un bistrot dalle parti di Avenue de la Motte-Piquet. Avrei voluto sposarla, ma sapevo già cosa avrebbe detto mio padre se l'avessi portata a casa. Non sopporta le continentali, che vuoi farci? E in più è pieno di soldi, e quindi è convinto che tutti vogliano portargliene via un po'. A me non è mai importato molto dei soldi, invece. Facile dirlo, suppongo, quando ne hai tanti.»

Alfie guardò l'uomo in fondo al giardino e lui, come se si sentisse addosso gli occhi del ragazzo, si girò. Non era suo padre.

«Devo andare» disse Alfie.

«Inizia il giro delle visite, eh? Sei giovane per essere un dottore, ma immagino che di questi tempi tutti debbano dare il proprio contributo.»

Alfie annuì e si allontanò. Odiava stare lì. Odiava quel posto e odiava quelle persone. Entrare in quell'ospedale era come precipitare in un incubo in cui niente di ciò che la gente diceva aveva senso. Gli uomini erano tutti confusi, vivevano in parte nel presente, in parte nel passato, in parte in una sorta di terra di nessuno che attraversavano cercando di schivare i proiettili, senza successo, senza speranza, senza significato. Faceva bene a portare suo padre fuori di là, ne era sicuro. Raccolse la sacca, riattraversò il varco nella siepe e si avviò verso l'ospedale.

Sì fermò appena fuori dall'edificio: non voleva entrarci di nuovo, ma non c'era altra soluzione. Aveva sperato di trovare suo padre in giardino e di poter fuggire insieme, ma non era andata così e non gli restava che andare a cercarlo.

In una di quelle orribili corsie.

Gettò la sacca dietro un vaso con una grande pianta e aprì la porta, sbirciando dentro. Via libera. C'era una scala a metà del corridoio. Alfie guardò in su. Tre piani, almeno, con stanze lungo tutto il perimetro di ognuno di loro. Come avrebbe fatto a trovare suo padre in un posto tanto grande? Al solo pensarci, Alfie sentì una stretta allo stomaco.

Davanti a lui c'era la postazione delle infermiere, la stessa dove era stato scoperto l'ultima volta. La raggiunse veloce, sollevato che questa volta non ci fosse nessuno. Se il dottore infuriato lo avesse trovato di nuovo, non si sarebbe mai bevuto la storia del figlio del lattaio. Si guardò intorno, saltò dietro il bancone, e proprio allora vide il dottor Ridgewell – quello a cui aveva lucidato le scarpe già due volte – emergere da una corsia in compagnia di un altro medico, più giovane e dall'aria agitata. Alfie si nascose dietro il bancone, sperando che non passassero da quel lato.

«Potremo mandarlo a casa all'inizio della prossima settimana, credo» diceva il dottor Ridgewell. «Prenotagli qualche appuntamento con Davis di Harley Street. Ho parlato con la sua segretaria, sa già tutto. Una volta a settimana dovrebbe bastare. È incoraggiante, però, vedere qualcuno migliorare così, non trovi? Dà speranza anche per gli altri.»

«Ha già avuto notizie dal ministero della Guerra, dottore?» chiese l'uomo più giovane.

«Su cosa?»

«Sul riconoscimento.»

Ci fu qualche attimo di silenzio. «No, non ancora. Nessuno di quei maledetti politici vuole essere il primo ad affermare ciò che di fatto è ovvio. E chiarire all'opinione pubblica una volta per tutte che questa situazione patologica è vera, ed è una cosa con cui tutti dobbiamo fare i conti. Anzi, con cui ci toccherà fare i conti per anni, temo. Il problema è che la gente pensa ancora che si tratti di codardia e nessuno in parlamento ha gli attributi per spiegare che non è così.»

«Pensavo» disse il giovane. «Cioè, mi chiedevo se...»

«Su, sputa il rospo, Chartwell. Non ho tutto il giorno.»

«Be', è che abbiamo avuto qualche successo, non pensa? E qualche fallimento. Forse aiuterebbe invitare qui qualche rappresentante della stampa. Potrebbero scriverne. Informare un po' la popolazione. Potremmo ottenere un po' più di sostegno pubblico, in questo modo.»

Il dottor Ridgewell non ribatté nulla per qualche secondo, e quando alla fine lo fece il suo tono lasciò intuire che era allibito solo all'idea. «Rappresentanti della stampa?» ripeté scandendo ogni parola. «Sei diventato matto, Chartwell? Invitare qui i giornali? All'East Suffolk? Davvero credi che sia ciò di cui i nostri pazienti hanno bisogno? Un'orda di giornalisti dallo sguardo inebetito che li intervistano e li fotografano solo per vendere più giornali?»

«Pensavo solo che raccontando al mondo quello che succede qui, forse potremmo spingere la gente a parlare ai propri rappresentanti in Parlamento. Potremmo mostrare loro Boyars, per esempio, dato che sta per tornare a casa quasi del tutto guarito. Potremmo dir loro dell'ottimo lavoro che stiamo facendo.»

«E come la mettiamo con quelli che non stanno migliorando, Chartwell? Non hai pensato a loro? Levinson del primo piano? Hobbs nella corsia accanto alla sua? Summerfield del secondo? Cosa dovremmo fare, spingerli fuori sulle sedie a rotelle e gettarli in pasto al mondo intero per il gusto dello spettacolo? E io, dovrei diventare il nuovo Barnum e trasformare questi sventurati nei miei fenomeni da baraccone?»

Le orecchie di Alfie si drizzarono quando sentì nominare il proprio cognome. Summerfield del secondo.

«Mi scusi, dottore» disse il giovane con una nota di contrizione nella voce, adesso. «Era una cattiva idea.»

«No, Chartwell, avrebbe dovuto essere un'idea di gran lunga migliore per poterla definire una cattiva idea. Ha molti gradi di stupidità da superare prima di poter aspirare a un termine così elevato. Limitiamoci a quello che sappiamo fare meglio, la pratica della medicina, e lasciamo che il mondo esterno pensi ciò che vuole. E ora basta, non posso starmene qui tutto il giorno a cincischiare. Ho dei pazienti da visitare e sono certo che lo stesso valga per lei.»

E con gran sollievo di Alfie, si allontanarono senza accorgersi di lui e del suo nascondiglio.

Il ragazzo saltò fuori da dietro il bancone e cominciò a salire le scale di pietra, superando il pianerottolo del primo piano per poi proseguire verso il secondo. Perlomeno, adesso sapeva a che piano era la stanza del suo papà. Sentiva il mormorio di voci basse. Pazienti nelle loro camere, infermiere che li accudivano. Alfie avanzò in punta di piedi e diede un'occhiata nella prima corsia, cercando di far piano per non farsi scoprire.

Non era facile riconoscere suo padre, però, perché molti di quegli uomini se ne stavano raggomitolati nei loro letti con le coperte tirate fin sopra la testa o seduti di spalle a fissare fuori dalla finestra. Alfie sentì una stretta allo stomaco; non sapeva che cosa fare...

E fu proprio allora che lo vide. Era in una corsia con le parole ST MARGARET'S scritte sulla porta, seduto accanto alla finestra. Stava mescolando un mazzo di carte. Di tanto in tanto ne tirava fuori alcune a caso, le fissava per qualche secondo, e poi le rinfilava nel mazzo.

Alfie entrò nella stanza e si guardò intorno. C'erano altri tre uomini in corsia. Il primo era sdraiato sul letto alla sinistra di Alfie e dormiva come un sasso, con la coperta tirata sul mento; la stringeva tra le mani come un bambino. Di fronte a lui c'era un altro uomo, seduto sul letto a leggere un libro. Appena vide Alfie, lo posò e iniziò a ghignare. Non aveva nemmeno un dente. Alfie levò una mano e la tenne sospesa per qualche secondo. L'uomo scrollò il capo e si girò dall'altro lato. Nel terzo letto c'era un uomo molto giovane; sembrava non avere più di diciotto anni. Era sdraiato, con i pugni premuti sulle tempie. Ogni pochi secondi chiudeva forte gli occhi ed emetteva uno strano suono, quasi un rantolo di terrore. Passato quell'attimo, riapriva i pugni e ricominciava tutto daccapo. E infine, lì, vicino alla finestra, c'era Georgie Summerfield.

«Papà» disse Alfie camminando verso di lui. «Papà, sono io, Alfie.»

Georgie lo fissò, e dall'espressione sul suo viso fu chiaro che lo aveva riconosciuto. Sembrava che stesse già meglio della settimana prima. «Alfie» disse. «Non può essere.»

«Invece sì» ribatté Alfie. «Ti avevo detto che sarei tornato.»

«Quando me lo hai detto, Alfie? Non sto sognando, vero? Vieni più vicino, figliolo.»

Alfie ubbidì e Georgie tese le braccia verso il viso del figlio. Fece correre le dita sulle guance e sul mento, come un cieco che vuole scoprire l'aspetto della persona che ha davanti. «Sei proprio tu, vero?» disse Georgie a bassa voce, in un misto di sorpresa ed emozione. «Ma sei diventato così grande. Non hai più cinque anni, vero?»

«Ne ho nove» disse Alfie, confuso. Anche se l'aveva visto solo pochi giorni prima, suo padre sembrava aver dimenticato tutto. Lo sguardo gli cadde sul comodino accanto al letto, dove tre pillole di colori diversi erano appoggiate su un piattino di latta accanto a un bicchiere d'acqua. Chissà quante medicine davano a Georgie ogni giorno. E chissà se non erano proprio loro a fargli dimenticare le cose.

«Nove» disse suo padre scuotendo il capo, meravigliato. «Non hanno portato qui anche te, vero?» chiese all'improvviso, con un lampo di terrore sul viso, prima di scuotere ancora la testa. «No, certo che no. Cosa mi salta in mente? Sei solo un ragazzo. Non può essere. Ma allora cosa ci fai qui? Chi ti ha lasciato entrare?»

«Sono venuto per te, papà.»

«Per me?»

«Per portarti a casa.»

Georgie deglutì e fece cenno di no. «Non posso venire a casa» disse. «Non sto bene, Alfie.»

«Non stai bene per colpa di questo posto. Ma se verrai a casa con me, io ti farò stare meglio. Te lo prometto! Hai bisogno di tornare sul tuo carro del latte. Mr Asquith è ancora lì, sai. Gli manchi da morire.»

«Chi?»

«Mr Asquith» ripeté Alfie. «Ti ricordi di Mr Asquith, no?»

«Oh, sì» disse Georgie scuotendo la testa piano, ma in realtà non sembrava aver capito di che cosa stesse parlando Alfie.

«Posso venire a lavorare con te» disse Alfie. «Dicevi che avrei potuto farlo una volta cresciuto.»

«A cinque anni si è troppo piccoli per quei carri. Tua madre mi strapperebbe le budella.»

«Ma io ne ho nove ormai, papà! Nove!»

Il ragazzo nel letto di fronte emise un suono e Alfie si voltò verso di lui. Aveva gli occhi aperti, ma lo sguardo perso nel vuoto.

«Poveraccio. È da una settimana che non dice quasi nulla che abbia senso» disse Georgie. «Il suo cervello è andato.»

«Papà, devi venire con me» disse Alfie tirando suo padre per la mano. «Possiamo andarcene, insieme. C'è un treno. Ho due biglietti. Ti porterò a casa. Starai meglio se tornerai a casa.»

«Va bene, Alfie» disse Georgie stringendosi nelle spalle, come se non avesse altra scelta. «Il dottor Ridgewell è d'accordo, vero?»

Alfie esitò, ma poi annuì in fretta. «Sì» rispose. «Dice che stai meglio e che ti serve solo andare a casa dalla tua famiglia. Mi ha detto lui di venire a prenderti.»

«Non me ne ha mai parlato. Ah» gridò all'improvviso, e con una smorfia si portò una mano alla tempia. «Pillole, pillole» grugnì indicando il piattino accanto al letto. Alfie corse a prendere le pillole e il bicchiere d'acqua. Georgie le ingoiò una dopo l'altra in fretta e si riappoggiò allo schienale, respirando con affanno, come se quell'operazione da sola lo avesse già sfiancato. «I mal di testa» disse a bassa voce. «Mi prendono di continuo. Sono tremendi. Un dolore che non ti immagini neanche. Mi fanno impazzire. Ho bisogno delle mie pillole, Alfie. Me le danno ogni tre ore. Non andiamocene via senza le pillole.»

«Stai tranquillo, papà» disse Alfie, che sapeva che a casa c'era un armadietto di medicinali, e accanto alle garze e a una bottiglia di sciroppo verde per quando aveva la tosse, c'erano anche due flaconi di pillole, che non sapeva a che cosa servissero. «Abbiamo tantissime pillole a casa. Puoi prendere quelle.»

«Oh, allora va bene, Alfie» disse Georgie, stringendosi di nuovo nelle spalle, e solo allora Alfie si rese conto che suo padre non si comportava più come suo padre. Pareva quasi che i ruoli si fossero invertiti e Georgie credesse a tutto quello che gli diceva Alfie; come se lui fosse l'adulto e Georgie il bambino. Questa idea faceva sentire Alfie molto a disagio e lo spaventò anche un po'. Doveva essere suo padre a prendersi cura di lui, non il contrario.

«Allora andiamo» disse rimettendolo in piedi, per poi guidarlo fuori dalla corsia. «Dobbiamo scendere senza fare rumore.»

«Addio, ragazzi!» disse Georgie, allegro, salutando

con la mano gli uomini nei letti, ma la voce era troppo alta e Alfie gli fece cenno di abbassarla. Arrivarono al pian terreno senza che nessuno li notasse e uscirono nel cortile, dove Alfie recuperò la sua sacca. La aprì ed estrasse i pantaloni, la camicia e la giacca che aveva preso nell'armadio di suo padre quella mattina.

«Mettiti questi» disse Alfie. «Così in treno nessuno s'insospettirà.»

«D'accordo, Alfie» disse Georgie, e docile indossò i vestiti sopra il pigiama, per poi infilarsi le scarpe che Alfie gli porgeva.

«Tu sei sicuro, vero? Il dottor Ridgwell è d'accordo?»

«Mi ha detto lui di venire a prenderti» disse Alfie. «Coraggio, papà. Andiamo.»

Mentre svoltavano l'angolo, Alfie vide un uomo, vestito in uniforme di tutto punto, marciare a passo spedito verso di loro, e sentì il cuore sobbalzargli in petto. L'uomo li fissava, accelerando il passo man mano che si avvicinava.

«Non dire niente, papà» sussurrò Alfie. «Lascia che ci pensi io, intesi?»

«Intesi, Alfie» disse Georgie.

«Ehi, tu, ragazzo» disse l'uomo fermandosi di fronte a loro. Aveva le gote molto rosse, un paio di baffi bianchi come la neve e tra le mani portava quello che sembrava un bastone. «Dove mi trovo?»

«All'ospedale East Suffolk & Ipswich» rispose Alfie.

«Sì, questo lo so» disse l'uomo, irritato. «Non sono del tutto stupido, sai. Sto cercando l'entrata dell'ala B. C'è un dannato cagnaccio all'ingresso principale e ogni volta che provo a entrare, mi ringhia contro. Gli avrei sparato, ma ho lasciato il fucile al Quartier Generale.»

Alfie lo fissò sgomento. Per un attimo si chiese se non si trattasse solo di un paziente come gli altri, ma la divisa suggeriva il contrario.

«A proposito, chi sei tu?» chiese l'uomo. «Che ci fa un ragazzo qui? E chi è quest'uomo?»

«Georgie Summerfield» disse Georgie, sorridendo come se fosse tutta un'immensa burla. «Avevo anch'io un cane quando ero ragazzo. Un piccolo spaniel King Charles. Un'aria malinconica. Ma pieno d'affetto.»

«Affascinante» disse l'uomo. «Lavora qui, lei?»

«Dottor Summerfield» lo corresse subito Alfie.

«Ah» disse l'uomo, e indietreggiando di qualche passo lo squadrò dalla testa ai piedi. «È in servizio qui, immagino?»

«Oh, no, signore, no» disse Georgie.

«Il dottor Summerfield sta andando via per oggi» disse Alfie.

«A quest'ora?» si meravigliò l'uomo, consultando il suo orologio. «Un po' presto per metter via i ferri, o mi sbaglio?»

«Ha fatto il turno di notte» disse Alfie.

«E tu chi sei, il pupazzo del ventriloquo? Il dottor Summerfield non sa parlare? A proposito, chi sei tu?»

«Suo padre è ricoverato qui» disse Georgie raddrizzandosi e a voce chiara.

«E come sta?»

«Non bene. È venuto a trovarlo, ma ai ragazzi non è permesso entrare qui. Mi sto assicurando che torni in stazione, mentre esco.»

«Mmm» disse l'uomo. «Molto bene. Spero gli abbia dato anche un bel ceffone.»

«No, signore» disse Georgie.

«Io lo avrei fatto. Non sopporto i bambini, io. E neanche le bambine. I ragazzi, in generale. Li detesto tutti, allo stesso modo. Vabbe', insomma l'ala B sapete dirmi dov'è?»

«Entri da questa porta» disse Alfie. «Poi attraversi il corridoio, prenda la prima a sinistra e arriverà a una scala, salga la prima rampa e giri a destra fino a raggiungere il reparto St Hilda, passi dalla porta dove c'è scritto "Vietato l'ingresso" e alla fine di un lungo corridoio troverà l'ala B.»

«Grazie» disse l'uomo, annuendo tutto contento. «Penso di aver capito tutto.»

«Non c'è di che» disse Alfie, che si era inventato ogni singola parola di tutta quella spiegazione. Ma ora voleva solo che quell'uomo se ne andasse, e che con un po' di fortuna si perdesse nei corridoi dell'East Suffolk.

«Sei stato bravissimo, papà» disse Alfie quando lo sconosciuto se ne fu andato. Georgie però era tornato assente e ci mise un bel po' prima di volgere il capo.

«Come dici, Alfie?»

«Era come se fossi di nuovo il te stesso di un tempo. Quell'uomo non ha sospettato niente di niente.»

Georgie non disse nulla: aggrottò le sopracciglia e chiuse gli occhi, e premendosi le mani sulle tempie emise un gemito soffocato.

«Papà» disse Alfie. «Papà, stai bene?»

«Sì, figliolo» disse Georgie a bassa voce. «Possiamo tornare dentro adesso? Credo che dovrei rimettermi a letto.»

«No! Ti sto riportando a casa, non ricordi?»

«Ah, già» rispose lui. «D'accordo, allora. Se pensi che sia questa la cosa migliore.»

A metà del vialetto, Alfie scorse tre infermiere venire verso di loro, e spinse suo padre dietro un gruppo di alberi.

«Che succede?» chiese Georgie guardandosi intorno come se si fosse appena svegliato.

«Ssst!» disse Alfie. «Non fare rumore.»

«C'è il sergente Clayton in perlustrazione, vero?»

«Papà! Ssst!» insistette Alfie, guardando le infermiere passare loro davanti.

«Chiedevo solo.»

«Papà!» Alfie iniziò di colpo a sudare. Bastava che una delle infermiere si voltasse e di sicuro li avrebbe visti. Trattenne il fiato e osò riprendere a respirare solo dopo che le tre furono passate. «Bene» disse. «Andiamo, dobbiamo uscire da qui il più in fretta possibile.»

Partì di corsa, e Georgie lo guardò confuso, ma poi lo seguì. Una volta superati i cancelli dell'ospedale, si fermarono a riprendere fiato. «La stazione è da quella parte» indicò Alfie. «Seguimi.»

«Alfie» disse Georgie, mentre seduti sull'erba, qualche minuto più tardi, attendevano l'arrivo del treno. «Ti sei ricordato le mie pillole, vero?»

«Te l'ho detto» disse Alfie. «A casa siamo pieni di pillole. Puoi prendere una di quelle. Ma non ti serviranno, te lo assicuro. Una volta a casa, in Damley Road, tornerai quello di prima.»

«Allora, a posto, Alfie» disse Georgie.

«A posto, papà.»

Voglio tornare a casa

I Want to Go Home

Georgie fu molto tranquillo sul treno che li riportò a Londra. Si sedette in un angolo della carrozza, e rimase a fissare il paesaggio scorrere con le braccia strette intorno al busto, come se cercasse di smettere di dondolare avanti e indietro. Appena il treno si fermava a una stazione – o vicino a una stazione – per far salire o scendere i passeggeri, lui chiudeva gli occhi. Ogni volta che il controllore fischiava, ma anche a una fermata particolarmente affollata, quando tutte le porte del treno si chiusero sbattendo, Georgie si lasciava sfuggire un gemito sordo. Alfie tentava allora di parlargli, ma suo padre rispondeva quasi solo a monosillabi: sì; no; Clayton; domani; pillole; a volte; aiuto.

A Manningtree salì un giovane soldato. Si sedette nella loro carrozza, e dopo essersi acceso una sigaretta si mise a guardarli con un sorriso arrogante e sfacciato. Aveva l'uniforme pulita e stirata di fresco, e sembrava quasi che fosse la prima volta che la indossava. Georgie lo squadrò da capo a piedi per un istante con espressione angosciata, ma quando il soldato colse il suo sguardo, Georgie si girò dall'altra parte.

«Cos'hai da guardare?» chiese l'altro. «Non hai mai visto un soldato prima?»

Georgie non disse nulla e Alfie cercò di concentrarsi su *Robinson Crusoe*, in modo che il giovane non pensasse di rivolgergli la parola.

«Il gatto ti ha mangiato la lingua? Ti ho chiesto: Non hai mai visto un soldato prima?»

«Ne ho visto qualcuno» mormorò Georgie, fissando fuori dal finestrino.

«E tu, cosa leggi?» domandò il soldato facendo saltare il libro via dalle mani di Alfie con un'abile colpo di mano; lo girò per leggerne il titolo. «*Robinson Crusoe.* Ce l'ha anche il mio vecchio a casa. Si direbbe noioso.»

«È il libro migliore che sia mai stato scritto» disse Alfie.

«Ah» rise il soldato scuotendo il capo. «E cosa vuoi saperne tu? Chi è quel simpaticone vicino al finestrino?» chiese indicando Georgie con un cenno del capo.

«Mio padre» disse Alfie.

«Gli manca qualche rotella, eh? Ehi, tu! Ti manca qualche rotella, vero?»

Georgie si voltò e lo fissò per un attimo, piegando la testa di lato come se stesse cercando di capire bene che cosa stava succedendo; poi si girò di nuovo verso il finestrino.

«Ehi, cosa ne pensi?» continuò il giovane soldato

indicando la sua divisa. «Fa una gran figura, non credi? È il mio primo giorno. Vado a Londra a incontrare i miei nuovi compagni, poi ad Aldershot per l'addestramento. È da quattro anni che aspetto questo momento. Dicevano che per Natale sarebbe finito tutto. Grazie al cielo, si sbagliavano. Ehi, amico, e tu perché non combatti?» gridò a Georgie, che si alzò di colpo e uscì dal vagone sbattendo con rabbia la porta alle sue spalle. «È uno da piuma, eh?» domandò il giovane soldato ridendo, e Alfie senza pensarci strinse i pugni, con la voglia di chiudere il becco a quell'idiota. «Sono dappertutto, sono. Ci vuole un vero uomo per vincere la guerra. Ci penserò io a Fritz, non preoccuparti. Io e i miei nuovi compagni.»

Alfie si alzò e uscì dalla carrozza senza dire una parola. Attraversò tutto il treno, e alla fine ritrovò il suo papà: era seduto da solo, con la testa sepolta tra le mani.

«Papà?» disse sedendoglisi accanto. Avrebbe voluto tanto passargli un braccio intorno alle spalle, ma non sapeva come fare; si sentiva troppo impacciato. «Papà, stai bene?»

«Sì, Alfie» rispose Georgie a voce bassa. «Sono solo stanco, tutto qua. Non hai con te qualche pillola, vero?»

«No, mi dispiace.»

«Fa niente.»

Non dissero altro per tutto il resto del viaggio fino a

King's Cross, e quando arrivarono Georgie non parve avere molta voglia di scendere dal treno; il rumore dei motori e dei freni e i fischi dei controllori lo facevano tremare visibilmente. E quando alla fine Alfie lo convinse a scendere sulla banchina per riportarlo a Damley Road, Georgie sembrò ancora meno felice. Arrivati alla strada di casa, prima di imboccarla Alfie sbirciò da dietro l'angolo per controllare che non ci fosse nessuno in vista. Mrs Scutworth del numero quindici e Mrs Candlemas del numero tredici, però, erano proprio lì, una accanto all'altra, a lavare le finestre.

«Aspetteremo finché non avranno finito» disse Alfie, e Georgie annuì.

Rimasero lì nascosti, mentre i minuti scorrevano. Ogni volta che Alfie guardava suo padre, sentiva il desiderio di dirgli qualcosa, ma Georgie aveva la fronte corrugata, adesso; sembrava quasi che si fosse ripiegato su se stesso, e tenendo i pugni serrati dondolava avanti e indietro. Alfie lo guardava in silenzio, perché tutte le cose che gli venivano in mente avrebbero solo peggiorato le cose.

«Coraggio, papà» disse alla fine quando le due donne rientrarono in casa, e si ritrovò a prendere suo padre per mano e a guidarlo lungo la strada verso la loro porta, proprio come Georgie faceva con lui quando era ancora un bambino. Il ragazzo infilò la chiave nella serratura, la girò in fretta e insieme entrarono in casa.

Georgie si guardò intorno; sembrava un po' instabile. La casa non era cambiata molto negli ultimi quattro anni, ma forse il ricordo del numero dodici era troppo per lui, perché appena mise piede nel salotto di casa si lasciò cadere nella poltrona sfondata di fronte al camino e si seppellì il viso tra le mani.

«Quando hanno visto che eravamo noi, è cambiato qualcosa, ti ricordi?» mormorò tra sé e sé. «Non posso fare ancora il turno da barelliere, tre notti di fila sono troppe per chiunque, è una tortura... Resta dove sei e poi vai, è così che mi diceva. Ma non ha senso, capisci? Dov'è Unsworth? Dove si è ficcato adesso?»

«Papà!» disse Alfie inginocchiandosi accanto a lui. «Papà, cosa c'è? Non capisco quello che dici.»

Georgie levò lo sguardo e scosse il capo, e per un momento parve quello di sempre. «Come dici, figliolo?» chiese in tono allegro. «Oh, non fare a caso a me. Avevo la testa tra le nuvole, tutto qua. Chiedi a tua madre di prepararci una bella tazza di tè, da bravo. Ho bisogno di andare a dormire presto, se voglio alzarmi in tempo la mattina.»

Alfie annuì e andò in cucina a mettere l'acqua sul fuoco. Prese il tè – nel barattolo ce n'era ancora più o meno un quarto – e ne versò un cucchiaino nella teiera, la riempì di acqua calda e lasciò in infusione per qualche minuto; intanto prese un po' di pane e formaggio dalla dispensa. Quando il tè fu pronto, mise tutto su un vassoio e lo portò in salotto. Georgie era in piedi accanto al camino, con in mano una foto di loro tre, lui,

Margie e Alfie, scattata solo qualche settimana prima che la guerra cominciasse.

«Bella famiglia» disse Georgie, come se non riconoscesse nessuno di loro.

«Papà, siamo noi quelli» disse Alfie porgendogli il tè. «Tieni, bevi questo. Ti sentirai meglio, te lo assicuro.»

Georgie annuì, e dopo essersi seduto con la tazza bevve un sorso con grande prudenza.

«Ti sei dimenticato lo zucchero» disse. «Non importa, forse è finito. A pensarci bene, se fossimo ancora a Londra, la mia Margie non si sarebbe mai dimenticata lo zucchero.»

Alfie lo fissò. «Papà, siamo a...»

Ci fu un *rat-a-tat-tat* alla porta e Alfie sobbalzò. Solo una persona bussava alla porta in quel modo. «Resta qui» disse a suo padre. «Non muoverti, intesi?»

«Sissignore!» disse Georgie facendo il saluto militare, e si riappoggiò allo schienale.

Alfie si avvicinò alla porta e l'aprì di appena uno spiraglio; poi, tenendola con il piede in modo che nessuno potesse entrare, si sporse a vedere chi aveva bussato.

«Tutto a posto, Alfie?»

«Tutto a posto, vecchio Bill» disse con un sorriso al suo vicino. In mezzo alla strada, vide Mr Asquith con Henry Lyons seduto a cassetta, e il carro carico di bidoni vuoti. Henry stava tentando in tutti i modi di convincere il cavallo a proseguire, ma Mr Asquith guardava fisso il numero dodici e non ne voleva sapere di muoversi.

«Va tutto bene lì dentro?» chiese il vecchio Bill sbirciando in casa da sopra la spalla di Alfie.

«Sì, la mamma è al lavoro, però, se è lei che cercavi.»

«No, non sono venuto per quello» disse. «Alfie, forse sto diventando matto, ma qualche minuto fa ero nella stanza che affaccia sulla strada, e dando un'occhiata fuori giuro di aver visto un viso familiare passare davanti alla mia finestra.»

Alfie deglutì, sperando che la sua espressione non lo tradisse. Tentò di guardare il vecchio Bill come se non capisse di che cosa parlava.

«Un viso familiare?» domandò. «E di chi?»

«Sei da solo in casa, Alfie?» chiese il vecchio Bill.

«Muoviti, vecchio ronzino!» strillò Henry Lyons.

«Te l'ho detto. La mamma è al lavoro.»

Il vecchio Bill si grattò la barba, quasi si chiedesse se era il caso o no di continuare con le domande. «Pensavo di aver visto be', ascolta, so che può sembrare pazzesco, ma pensavo di aver visto tuo padre camminare per la via. Proprio lui, in carne e ossa.» Si voltò a guardare Mr Asquith. «Cosa diavolo gli prende, a quel cavallo?»

«Mio padre?» chiese Alfie scoppiando in una risata, che anche a lui suonò finta.

«Sì, tuo padre. Sai, quel tipo alto, che è partito per la guerra. Tuo padre, Alfie.»

«Mio padre è in missione segreta» disse Alfie.

«Allora suppongo che gli occhi mi giochino qualche scherzo.»

«Lo penso anch'io.»

«Me lo sarò sognato.»

«Non c'è nessun altro qui.»

«Posso entrare, Alfie?» chiese il vecchio Bill.

«Devo andare a scuola.»

Il vecchio Bill diede un'occhiata all'orologio. «A quest'ora?» disse.

«Volevo dire a fare la spesa. Ho detto alla mamma che avrei preso qualcosa per cena.»

Ci fu una lunga pausa, nella quale si fissarono a vicenda, uomo e ragazzo, in attesa che uno dei due cedesse. Alla fine, con un gran nitrito Mr Asquith fece un balzo in avanti e riprese a trotterellare lungo Damley Road, voltando la testa un paio di volte a guardare Alfie con aria di rimprovero.

«Come vuoi» disse alla fine il vecchio Bill con un sospiro profondo. «Be', immagino che ci vedremo più tardi. Ciao, Alfie.»

«Ciao, vecchio Bill.»

Alfie chiuse la porta e ci si appoggiò contro con la schiena per un momento, scuotendo la testa. C'era mancato poco. Quando tornò in salotto, la tazza di Georgie era per terra e il tè stava impregnando il tappeto. Georgie guardò Alfie con l'aria di un bambino che è stato scoperto a fare qualcosa che non doveva.

«Mi è caduta.»

«Non importa» disse Alfie. «Ci penso io.»

«No, è meglio che pulisca io» disse lui, e dopo aver preso un cuscino dal divano si chinò per tamponare la macchia.

«No, non così» disse Alfie strappandogli il cuscino. Sua madre sarebbe diventata matta se si fosse macchiato di tè. «Non importa. Lascia fare a me.»

«Agli ordini, sergente» disse Georgie rimettendosi a sedere.

«Non sono un sergente!» strillò Alfie, esasperato. «Sono Alfie!»

«Ma certo, figliolo» disse Georgie stringendosi nelle spalle. «Saprò riconoscere mio figlio, non credi?»

Alfie diede un'occhiata all'orologio sulla credenza. Era già metà pomeriggio, ormai, e Alfie si rese conto che non aveva mai pensato sul serio a che cosa avrebbe fatto una volta riportato suo padre a casa; quello che voleva era trascinarlo fuori da quell'orribile ospedale, con il suo sangue, il suo puzzo, il lamento costante dei feriti nei corridoi. Adesso però capiva che stare confinato in quella casa angusta forse non era la cosa migliore per Georgie, quantomeno in quel momento, e gli venne un'idea. Corse di sopra in camera sua, aprì l'armadio, prese la cassetta porta lucidi dal suo nascondiglio e tornò al piano di sotto. «Usciamo» disse a suo padre.

«Usciamo? Per andare dove? Proprio ora che cominciavo a rilassarmi.»

«Devo andare al lavoro.»

«Al lavoro? La latteria sarà chiusa a quest'ora. Almeno per noi.»

«Non lavoro alla latteria» disse Alfie. «Lavoro a King's Cross.»

«Conducente, vero? Si danno un sacco di arie, quei conducenti.»

«Faccio il lustrascarpe» disse Alfie, esasperato.

«Be', un modo più che dignitoso per guadagnarsi da vivere.» Suo padre si guardò intorno e tutto d'un tratto parve non riconoscere la casa. «Ho bisogno di uscire da qui» disse con un improvviso terrore nella voce.

«Bene, perché è proprio quello che stiamo facendo. Andiamo.»

Uscirono, e questa volta Alfie fece fare a Georgie il giro più lungo, spingendolo da dietro, per evitare di passare di fronte alla finestra del vecchio Bill Hemperton. Una volta in fondo alla strada, si voltò per un attimo: Joe Patience era sulla soglia di casa sua, a fumare una sigaretta. E lo fissava. Da quanto tempo era lì? Aveva visto Georgie? Per un momento i loro sguardi si incontrarono, ma Joe non cambiò espressione, e continuò a fumare come se niente fosse; e così Alfie svoltò l'angolo, dove suo padre lo aspettava, fissando il cielo.

«Che grande il mondo, eh?» disse Georgie. «Secondo te anche sugli altri pianeti si odiano tutti così?»

«Questo è il mio posto» disse Alfie quando raggiunse la sua solita postazione a King's Cross, più o meno in mezzo tra i binari, la biglietteria e la sala da tè. «E quello è lo sgabello dove faccio accomodare i miei clienti. Vuoi sederti?»

Georgie si strinse nelle spalle, allora Alfie gli avvicinò lo sgabello, e lui, dopo averlo fissato per qualche istante, ci si sedette.

«Questa invece l'ho presa da casa di Mr Janáček» spiegò Alfie incicando la cassetta dei licidi. «Dopo che lui e Kalena sono stati portati via. I soldati pensavano che fossero tedeschi, ma non lo erano, erano di Praga. So che non avrei dovuto, ma credo che a Mr Janáček non sarebbe dispiaciuto. Non sei arrabbiato con me, vero, papà?» chiese.

Georgie fece segno di no con la testa. Guardò intensamente il figlio e sorrise. Alfie non capiva perché l'umore di suo padre continuasse a cambiare in quel modo. «No, figliolo, non sono arrabbiato con te» disse. «Mr Janáček sarebbe felice di sapere che ne hai fatto buon uso.»

«Vengo qui quattro volte a settimana. Do la maggior parte dei soldi che guadagno alla mamma. Lei lavora come infermiera, sai. E porta a casa anche il bucato da lavare. E ogni tanto cuce per una signora dei quartieri alti. Ma tengo qualcosa anche per me, in caso di bisogno. È così che ho pagato i biglietti del treno.»

Georgie annuì e si infilò una mano nella tasca della

giacca. Non ci trovò niente e così cercò nell'altra. Niente neanche lì. Alfie sapeva che cosa stava cercando. Tutti gli uomini che si sedevano lì lo facevano. Cercavano la pipa o una sigaretta. A tutti piaceva fumare mentre si facevano lucidare le scarpe. Perfino al primo ministro.

«Vuoi che ti lucidi le scarpe, papà?» chiese Alfie. Georgie annuì e appoggiò il piede sinistro sul poggiapiedi. Alfie si mise subito al lavoro. Le scarpe del suo papà erano molto impolverate per via di tutto il tempo che avevano passato nell'armadio. Doveva dar loro una bella spolverata prima di passare al lucido.

«Ti va di tornare a casa, papà?» disse Alfie con calma senza alzare lo sguardo, continuando a lavorare.

«Questa è già casa, no? Siamo a Londra? O sono diventato matto?»

«Intendo casa, casa» disse Alfie. «Per sempre. A Damley Road. Al carro del latte e a Mr Asquith. Alle cose com'erano un tempo.»

Una goccia d'acqua cadde sulla punta della scarpa sinistra di suo padre e Alfie la asciugò con una smorfia. Doveva esserci una perdita nel tetto. Alfie diede un'occhiata alla gente che affollava King's Cross, e per un attimo vicino al tabaccaio ebbe l'impressione di scorgere un viso familiare che guardava nella sua direzione. Un viso pesto e malconcio. Cicatrici e bruciature. Alfie batté le palpebre e cercò di mettere meglio a fuoco, ma le persone che andavano e venivano gli bloccavano la visuale, e quando la folla si aprì, non c'era più nessuno.

«Odio la guerra» disse Alfie con un sospiro.

«Tutti la odiano» disse Georgie. «È marcia fino al midollo.»

«Dicevano che per Natale sarebbe finita, ma non era così.»

«Anche quando finirà, ce ne sarà presto un'altra. Sono come gli autobus. Ne perdi uno e sali sul prossimo. Devi andartene da qui, Alfie, mi hai capito? Non lasciare che ti prendano. Servono trent'anni di pace, se non vuoi che ti chiamino.»

Un'altra goccia d'acqua cadde sulla scarpa e Alfie alzò la testa. Non era il soffitto a perdere: suo padre stava piangendo. Non lo aveva mai visto piangere prima, e ne fu spaventatissimo. «Papà» disse. «Cosa c'è?»

«Niente, figliolo, niente» rispose lui asciugandosi il viso con il fazzoletto. «Non farci caso. Preoccupati solo di far brillare quelle scarpe, d'accordo? Potrei portare tua madre a ballare, più tardi. A che ora torna a casa dal lavoro?»

Alfie si strinse nelle spalle. «Forse ha il turno di notte» disse. «Ma se anche fosse così, è facile che si faccia sostituire, dato che ci sei tu a casa. Anche se qualche volta, quando torna...»

Alle loro spalle venti porte di un treno sbatterono facendo un rumore terribile. Alfie levò lo sguardo. Da quando aveva iniziato a lavorare in stazione sentiva quel rumore decine di volte al giorno, e lo detestava:

erano come spari in rapida successione, e sembravano non finire mai. Quando si voltò di nuovo verso suo padre, Georgie era piegato su stesso, a capo chino, e si copriva le orecchie con le mani.

«Papà» disse Alfie tirandosi a sedere. «Cosa c'è?»

Georgie stava facendo un verso orribile, a metà tra il pianto e un gemito. Alfie guardò il treno: rimanevano ancora dieci porte.

Bang! Bang! Bang!

«Papà!»

«Alfie, aiutami» lo implorò lui. «Falli smettere!»

Bang! Bang! Bang!

«Al riparo, Alfie! Tieni giù la testa!»

Bang!

«Al tre, tutti fuori, intesi? Uno!»

Bang!

«Due!»

Bang!

«Tre!»

Si tolse la mani dal viso e balzò dallo sgabello, ma Alfie fu più veloce di lui e lo afferrò per la vita, impedendogli di scappare.

«Papà, è tutto a posto, sono io, Alfie. Erano solo le porte del treno che sbattevano, nient'altro.»

Georgie guardò il binario e lentamente, molto lentamente, iniziò ad annuire, e a capire. Era pallido. Il sudore gli colava dalla fronte. Le gambe sembrarono cedergli, e crollò di nuovo sullo sgabello.

«Le mie pillole, Alfie» disse. «Ho bisogno delle mie pillole. Mi scoppia la testa.»

Lo stomaco di Alfie gli si rivoltò contro per la rabbia. Si era dimenticato le pillole dell'armadietto dei medicinali. Avrebbe dovuto aspettare di tornare a casa.

«Non le ho» disse. «Mi dispiace, papà. Le ho lasciate a casa. Possiamo andare a riprenderle, se vuoi.»

«Non posso farcela» gemette Georgie tastandosi di nuovo le tasche. «Una sigaretta, almeno. Dempster, nell'altra buca, ne ha un pacchetto. Digli che gliene darò due martedì, se lui me ne dà una adesso. È un buon affare.»

Alfie annuì. Allungò una mano nel berretto per terra e prese i pochi penny che lasciava sempre per incoraggiare i clienti. Il tabaccaio era in fondo, accanto al binario sei. «Vado a prendertele» disse.

«Dempster» insistette Georgie.

«D'accordo, vado a chiedergliele. Una adesso in cambio di due martedì. Ricevuto.» Guardò suo padre per un attimo, perché non voleva lasciarlo lì da solo, ma farlo alzare e portarlo dall'altra parte della stazione sarebbe stato ancora più complicato. Da solo, di corsa ci avrebbe messo due minuti ad andare e tornare.

«Stai fermo» disse Alfie con decisione. «Mi hai sentito, papà? Resta dove sei.»

«E poi vai» mormorò Georgie. Ancora quella frase. Non smetteva di ripeterla.

«Come dici?» chiese Alfie inginocchiandosi davanti

a lui per un attimo. «Cosa significa questa frase?»

«Il sergente» disse Georgie con lo sguardo fisso a terra. «Ce lo diceva ogni notte, prima di scavalcare la trincea. Ci faceva allineare sulle scale. Una fila di uomini con la testa quasi al livello del terreno. Un altro gruppo qualche gradino più in basso, pronto a seguirli. Un terzo alla base della trincea, pronti a mettere il piede sulle scale. Dovevamo aspettare che la prima fila scavalcasse la trincea e poi toccava a noi. Non bisognava muoversi fino a quando gli uomini davanti a noi non sparivano tra il fumo e gli spari. Resta dove sei e poi vai, era così che ci diceva. Resta dove sei e poi vai. Ogni notte. Ogni notte, Alfie.»

Si premette di nuovo le tempie e si lasciò sfuggire un lamento soffocato di dolore, come un animale preso in trappola. Alfie girò sui tacchi e corse verso il negozio del tabaccaio. Sarebbe servito a togliergli il dolore, ne era sicuro. Prima di lui c'era un tizio che ci mise una vita a contare i soldi. Alfie si voltò per essere sicuro che Georgie fosse ancora al suo posto, ma i passeggeri del tardo pomeriggio avevano iniziato ad affollare la stazione e non riusciva a vederlo.

«Dieci sigarette» disse Alfie lanciando le monete sul bancone quando finalmente venne il suo turno.

«Di che tipo?» chiese l'uomo dietro il bancone.

«Qualunque! Non importa. Le più economiche.»

L'uomo annuì e allungò una mano dietro di lui, aprì un cassetto, prese una scatola vuota da uno scaffale e cominciò a contare. Un controllore soffiò nel fischietto – un suono penetrante – e gridò che il treno per Liverpool era in partenza dal binario tre... Proprio quello più vicino alla postazione di lavoro di Alfie.

«Svelto, per favore!» gridò il ragazzo voltandosi... ed eccolo di nuovo. Si stagliava dalla folla. Alfie lo conosceva, ma prima era svanito così in fretta che non aveva fatto in tempo a riconoscerlo. Alfie si guardò di nuovo intorno: confusione dappertutto. Rumore. Movimento.

«Presto e bene non stanno insieme» disse il tabaccaio. «Non vorrai che sbagli a contare, no?»

La gente ormai correva verso il treno. Alfie sentì il motore a vapore del treno fischiare, e vide il controllore avviarsi verso la carrozza di testa. Davanti a lui, c'era una lunga fila di porte aperte.

«Dieci sigarette» disse il tabaccaio. «Tre penny, grazie.»

Bang!

La prima porta del treno per Liverpool sbatté.

Bang! Bang! Bang!

«Manca un quarto di penny» disse l'uomo, e con un urlo di disperazione Alfie si frugò nelle tasche fino a quando, proprio in fondo, trovò un quarto di penny. «Ecco» disse, e lanciando la moneta sul bancone afferrò il pacchetto.

Bang! Bang! Bang! Bang! Bang!

Si infilò di corsa tra la folla, quasi inciampando

mentre cercava di farsi largo tra la gente per tornare da suo padre.

«In carrozza!»

Bang! Bang! Bang!

«Guarda dove vai, ragazzo!»

«Scusi.»

Bang! Bang! Bang! Bang!

E alla fine ci riuscì. Arrivò al suo solito posto e tirò un sospiro di sollievo, perché lo sgabello di fronte alla cassetta porta lucidi era ancora occupato. Si piegò per una fitta al fianco, e quando si raddrizzò tese la mano con il pacchetto.

«Sigarette?» si stupì Mr Podgett, l'uomo della banca. «Grazie, ma io sono uno da pipa. Cos'è, un nuovo servizio? Lucidatura e sigaretta inclusa nel prezzo? Molto intraprendente da parte tua, giovanotto, ma non sono sicuro che sia un'ottima idea. Divorerà i tuoi profitti.»

Alfie lo fissò, e poi sempre a occhi spalancati si guardò intorno. Di suo padre non c'era traccia. Era sparito.

Era restato dov'era.

E poi era andato.

C'è un lungo, lungo sentiero tortuoso

There's a Long, Long Trail A-Winding

Alfie entrò di corsa nel numero dodici e crollò sui primi gradini della scala, con la testa tra le mani. Ripensò a tutto ciò che era successo quel giorno, senza riuscire a credere a quanto fosse stato stupido. Non avrebbe mai dovuto fare uscire Georgie dall'ospedale, era chiaro che non avrebbe dovuto! Come poteva essere stato tanto stupido? Lui voleva solo aiutare il suo papà, riportarlo a casa dalla sua famiglia. E ora lo aveva perso. Cosa avrebbe fatto, se non lo avessero mai ritrovato?

Sentì delle voci in salotto e levò la testa, pieno di speranza. Forse Georgie aveva ritrovato la strada di casa! Saltò in piedi e corse nella sala, ma c'era solo Margie; era nella poltrona sfondata davanti al camino, e stava parlando con qualcuno seduto sul divano. Alfie si voltò, sperando che fosse suo padre, ma no, era nonna Summerfield.

«Alfie» disse lei. «Cosa ti è successo? Hai un'aria colpevole e se c'è una cosa che non sopporto sono i ragazzi con l'aria colpevole.»

Alfie guardò sua madre, che strinse gli occhi, scrutandolo con sospetto. «Sei pallido» disse Margie. «E hai gli occhi rossi. Hai pianto?»

Alfie scosse il capo. In realtà non aveva pianto, ma era stato seduto con la testa tra le mani e forse era per quello che aveva gli occhi rossi.

«No» disse.

«Dove sei stato?» chiese nonna Summerfield sporgendosi in avanti, e si tolse gli occhiali. «Hai l'aria di uno che ha combinato qualcosa.»

«Non ho fatto niente!» gridò. Non aveva mai alzato così la voce con sua nonna.

«Alfie!» disse Margie.

«Cosa c'è?» chiese lui fissandola, e poi sbuffò. «Vado in camera mia» aggiunse, e infilato di corsa il corridoio salì le scale a passo di carica. Una volta arrivato nella sua stanza, si sbatté la porta alle spalle, si buttò sul letto e ripensò a tutto quello che era successo nelle ultime due ore.

Georgie era sparito mentre lui era dal tabaccaio e Alfie aveva dedotto che a turbarlo doveva essere stato lo sbattere violento di tutte quelle porte. Aveva già avuto quella strana reazione in precedenza. E poi c'era il modo in cui parlava… così strano, quelle frasi sconclusionate. Si ricordò di ciò che gli aveva detto il dottor Ridgwell sulla psicosi traumatica: alcuni soldati che tornavano dal fronte non sembravano avere danni fisici, ma erano malati dentro, nelle loro teste. Ed era proprio così che gli erano sembrati molti degli uomini ricoverati all'East Suffolk. Anche quelli che avevano subito amputazioni, che erano rimasti gravemente ustionati, quelli che avevano un braccio al collo o una gamba steccata avevano lo sguardo perso nel vuoto o si dondolavano avanti e indietro. Oppure se ne stavano seduti a piangere, e nei loro occhi c'era più dolore di quanto Alfie ne avesse mai visto. Perfino più dolore di quello che aveva provato lui quando Charlie Slipton del numero ventuno gli aveva tirato una pietra per la strada senza alcun motivo al mondo.

Doveva essere corso fuori dalla stazione, ragionò Alfie, mentre le porte del treno sbattevano. Sarà stato colto dal panico. Ma per andare dove? Forse invece era salito su un treno, diretto chissà dove, e a un certo punto il controllore gli aveva chiesto il biglietto, e dato che lui non ce l'aveva, lo aveva buttato giù dal treno alla fermata successiva. E poi? Un uomo in giro con addosso soltanto un vecchio paio di pantaloni e una giacca, e il pigiama sotto. Come avrebbe fatto a ritrovare la strada di casa?

Ci fu un *rat-a-tat-tat* alla porta e Alfie balzò in piedi. Sentì aprirsi la porta del salotto e Margie andare all'ingresso e poi delle voci salirono lungo le scale, si infilarono sotto la porta ed entrarono nella sua stanza. Alfie uscì sul pianerottolo ad ascoltare.

«Bill» disse Margie.

«Scusa il disturbo, vecchia mia» disse il vecchio Bill

Hemperton. «Forse è una cosa da nulla, ma ho pensato che fosse giusto venirtene a parlare.»

«Vieni in salotto» disse. «C'è qui nonna Summerfield.»

E con questo, sparirono nella sala chiudendosi la porta alle spalle, e Alfie non riuscì più a sentire ciò che dicevano. Restò lì, a mordersi il labbro, senza riuscire a decidere se era il caso o no di scendere. C'era una sola cosa che il vecchio Bill poteva essere venuto a dire: la stessa per cui era passato prima.

Per un momento Alfie pensò di infilare in una sacca qualche vestito, la cassetta porta lucidi, i soldi che gli erano rimasti nel cassetto delle calze e la sua copia di *Robinson Crusoe*, e scappare di casa. Poteva tornare a King's Cross e da lì prendere un treno, uno qualsiasi, per andare altrove e iniziare una nuova vita. In fondo, cos'altro gli serviva a parte la sua cassetta porta lucidi? È un modo più che dignitoso per guadagnarsi da vivere, come aveva detto Georgie.

«Alfie!»

La porta del salotto si aprì di schianto, e Margie lo chiamò dai piedi delle scale con un ruggito. Alfie indietreggiò all'istante e si richiuse in camera.

«Alfie!» urlò Margie di nuovo. «Vieni subito giù.»

Non restava altro da fare. Alfie aprì la porta, scese le scale molto, molto lentamente ed entrò in salotto, dove Margie lo aspettava seduta, pallida e tirata. Il vecchio Bill sembrava tormentato dal rimorso e nonna Summerfield piangeva con il viso affondato nel fazzoletto, ripetendo: «Cosa ci aspetta? Cosa ci aspetta ancora?»

«Scusami, amico» disse il vecchio Bill stringendosi nelle spalle. «Ma un uomo deve fare quel che è giusto fare, eccetera eccetera. Nessun rancore?»

Alfie non disse nulla; guardò invece sua madre, lasciando che fosse lei a parlare per prima.

«Dimmi che Bill si sbaglia» disse Margie alla fine, con la voce che tremava leggermente.

«Su cosa?»

«Alfie, te lo chiederò una sola volta. Chi hai riportato in questa casa questo pomeriggio?»

Alfie si fermò a pensare ed esitò. «Questo pomeriggio, dici?» chiese, come se d'abitudine portasse a casa un sacco di persone, e dunque non potesse sicuro di chi era venuto quel giorno.

«Alfie!»

«Nessuno» disse d'un fiato. «Non c'era nessuno qui. Solo io.»

«Bill dice il contrario.»

«Bill ha un centinaio d'anni ed è mezzo matto.»

«Che mi venga un colpo!» disse il vecchio Bill, e scoppiò a ridere scuotendo il capo.

«Alfie, è stato qui tuo padre? Dimmi la verità.»

Alfie deglutì; si sentiva sul punto di piangere. Mormorò qualcosa tra i denti e Margie scattò verso di lui così bruscamente che Alfie fece un balzo indietro per la paura.

«Cosa hai detto?» domandò sua madre alzando la voce.

«Hai detto che era in missione segreta per il governo!» ruggì Alfie. «È così che mi hai detto. Ma non era vero. Era in ospedale. E tu non hai lasciato che andassi a trovarlo.»

«Oh, Alfie» disse Margie con calma, sprofondando nella poltrona sfondata di fronte al camino. «Cos'hai fatto?»

«Non ho fatto niente» disse Alfie.

«Allora era lui» disse il vecchio Bill. «Lo sapevo. Sarò pure vecchio, Alfie Summerfield, ma conosco tuo padre da quando era piccolo così, ed ero sicuro che fosse lui quello che è passato davanti alla mia finestra.»

«Come ti è sembrato?» chiese Margie.

«Be', non saprei» disse Bill stringendosi nelle spalle. «L'ho visto solo da dietro la tenda. Come faccio a dirlo?»

«Dov'è, Alfie?» chiese Margie. «Dimmelo! Aspetta, è di sopra? È di sopra, vero? Lo tieni nella tua stanza! Georgie!» gridò saltando dalla poltrona, poi corse in corridoio e salì le scale due gradini alla volta, una cosa che Alfie non le aveva mai visto fare prima. «Georgie, sei lì?»

Entrò di corsa nella stanza di Alfie e la sentirono aprire l'armadio e gettarsi a terra per controllare sotto il letto. Proprio in quel momento qualcuno bussò alla porta. Alfie si voltò verso l'ingresso, e dopo un attimo si sentì travolgere dal sollievo. Era lui, era lui di sicuro.

Era salvo. Era tornato a casa. Alfie afferrò la maniglia e aprì, e per un attimo non riuscì a credere ai suoi occhi.

La persona in piedi davanti a lui non era Georgie Summerfield.

Era il dottor Ridgewell.

«Lei?» disse Alfie, stupito.

Il dottore strizzò gli occhi e corrugò la fronte, come se riconoscesse vagamente il ragazzo di fronte a lui, ma non riuscisse a ricordarsi dove lo aveva visto. «È il numero dodici questo, giusto?» chiese. «Casa Summerfield?»

«Sì» disse Alfie, e per poco non si strozzò pronunciando quella parola.

«C'è tua madre?»

«Alfie, chi c'è fuori?»

Margie scese di nuovo le scale e aprì meglio la porta; vedendo chi c'era sulla soglia rimase di stucco.

«Mrs Summerfield?» domandò il dottor Ridgewell.

«Sono io.»

«Posso entrare, per favore? Sono Max Ridgewell. Medico all'East Suffolk.»

«Ci siamo già incontrati» disse Margie. «Almeno cinque o sei volte.»

«Davvero?»

«Sì.»

Il dottor Ridgewell scosse la testa ed ebbe il buon gusto di mostrarsi imbarazzato. «Mi dispiace, Mrs Summerfield. Ci sono così tante persone, capisce anche lei. Mogli, madri. Non ricordo sempre tutti.»

«Si accomodi» disse Margie, e aprendo la porta lo invitò a entrare in salotto. «Questi sono mia suocera e il mio vicino di casa, Mr Hemperton.»

«Buon pomeriggio» disse il dottor Ridgewell. «Forse dovremmo parlare in privato, Mrs Summerfield. Ci sono alcune cose che...»

«Qualunque cosa debba dirmi, può dirla davanti a queste persone» tagliò corto Margie, e con un gesto indicò i presenti. «Lo avete trovato?»

Il dottor Ridgewell esitò, sorpreso. «Allora lei sa che è sparito?»

«Ho tirato a indovinare. A Bill sembra di averlo visto oggi pomeriggio. E il qui presente Alfie» indicò il figlio con un cenno della testa, «c'entra di sicuro qualcosa. Solo che non ci dice ancora come. Vero, Alfie?»

Il dottor Ridgewell puntò un dito lungo e ossuto nell'aria. «Io ti conosco, vero?» disse.

«No.»

«Sì, invece. Ma dove ci siamo incontrati? Il tuo viso mi è familiare.» Scosse la testa rimuginando. «Aspetta un attimo» disse dopo un attimo. «Ma tu non sei non sei il ragazzo che fa il lustrascarpe?»

«Che fa cosa?»

«Ma sì! Giù a King's Cross. Sei tu, vero?»

«No» ripeté Alfie guardando dall'altra parte.

«Sì che sei tu!»

«Alfie, di cosa sta parlando?» chiese Margie. «Il lustrascarpe? Ma quell'odore di lucido...» si illuminò scuotendo il capo. «Nella tua stanza. L'ho notato così tante volte.»

«Va bene, faccio il lustrascarpe alla stazione» ammise Alfie. «Ma solo per dare una mano. Per darti una mano. Ho messo i soldi nel tuo borsellino. Tu porti a casa il bucato da lavare! I panni da rammendare! Faccio anch'io la mia parte, come tutti gli altri.»

«Un lustrascarpe» disse nonna Summerfield portandosi le mani sul viso, sconvolta. «Siamo caduti così in basso? Che ne è stato di noi?»

«Ascolti, possiamo mettere da parte questa faccenda per ora?» chiese il dottor Ridgewell. «Sono qui riguardo a suo marito, Mrs Summerfield. Lei sa che è sparito, quindi? Non è più nella sua stanza. E qualcuno ha riferito di un ragazzino che si aggirava nei paraggi dell'ospedale.»

«Alfie, dov'è?» strillò Margie scuotendolo per le spalle. «Dimmelo! Non sta bene. Non lo capisci? Tuo padre non sta bene! Dove lo hai...»

«Non lo so!» gridò Alfie scoppiando in lacrime. «L'ho perso.»

«Lo hai perso?»

«Era con me alla stazione. Sono andato a comprargli le sigarette e lui è sparito. C'era tutto quel rumore. Le porte che sbattevano. Penso che si sia spaventato.»

«Non sopporta i rumori forti» disse il dottor Ridgewell. «A molti di loro succede. È per via dei bombardamenti che hanno dovuto affrontare. Hanno scombussolato il loro sistema nervoso. Ecco perché cerchiamo di fare in modo che l'ospedale rimanga un luogo di pace e serenità. E perché non permettiamo le visite ai ragazzi.»

«Io non sapevo cosa aveva in mente di fare» intervenne Margie. «Altrimenti non gliel'avrei mai permesso. Ma dobbiamo cercarlo. È là fuori, da qualche parte. Chissà cosa potrebbe succedergli! Bill, che ne dici se io e te...»

Proprio in quell'istante qualcun altro bussò alla porta. Si voltarono tutti.

«Vado io» disse nonna Summerfield, avviandosi all'ingresso. Aprì la porta, la richiuse subito sbattendola forte e tornò a passo deciso in salotto.

«Be', chi era?» chiese Margie.

«Nessuno» disse nonna Summerfield. «Quindi, dottore, stava dicendo...»

«Non è possibile che non fosse nessuno!» gridò Margie, e prima che il dottor Ridgewell riuscisse a riprendere il discorso, sentirono di nuovo bussare.

«Non fateci caso!» urlò nonna Summerfield.

«Non ci penso nemmeno!» disse Margie uscendo a passo spedito dalla stanza, rossa di rabbia. Aprì la porta e fuori c'era Joe Patience, l'obiettore del numero sedici.

«Joe» disse Margie con un sospiro. «Non è un buon momento.»

«È seduto nel mio salotto» disse Joe.

«Non far entrare quell'uomo in questa casa!» gridò nonna Summerfield come una furia nell'ingresso; guardava Joe Patience come se fosse il diavolo incarnato. «Sbattigli la porta in faccia, Margie!»

«Mrs Summerfield» disse Joe.

«Taci!» ruggì nonna Summerfield scagliandosi contro di lui. «Con tutto quello che ho fatto per te, Joe Patience! Tutto quello che ho fatto! E tu, come mi hai ripagato! Mio figlio va in guerra e tu...»

«Io non potevo!»

«Perché sei un codardo!»

«Perché non voglio far male a nessuno! Com'è successo a me!»

«Codardo!»

«Ora basta!» ruggì Margie, guardando sua suocera come se in quel momento potesse farla a pezzi. «Joe, cosa stavi dicendo poco fa?»

«È seduto nel mio salotto.»

«Chi?» chiese nonna Summerfield.

«Suo figlio» disse Joe. «Tuo marito» aggiunse rivolto a Margie. «Tuo padre» disse girandosi verso Alfie, che adesso era dietro sua madre e sua nonna. «È seduto nel mio salotto.»

Sulle prime, nessuno si mosse. Poi Margie scattò. Superò Joe con un balzo e si lanciò verso il numero sedici, dove la porta era rimasta socchiusa, e sparì all'interno.

«Cos'hai fatto?» domandò nonna Summerfield, confusa adesso, con la voce colma di stupore.

«Io niente» disse Joe. «È stato Alfie a riportarlo a casa, vero, Alfie?»

Nonna Summerfield si voltò a guardare suo nipote, proprio mentre il vecchio Bill Hemperton e il dottor Ridgewell li raggiungevano all'ingresso.

«Volevo salvarlo» disse Alfie. «Nient'altro. Voi non avete idea di come sia lì dentro.»

«Alfie è venuto da me» disse Joe guardando nonna Summerfield. «Mi ha detto cosa aveva in mente. Forse avrei dovuto dirvelo. A lei. O a Margie. Ma non pensavo che l'avrebbe fatto sul serio. Poi però li ho visti. E non sapevo bene cosa fare. Non potevo farmi vedere. Georgie non sembrava a posto, mi capisce? Ho pensato che vedermi avrebbe solo peggiorato la situazione. Così ho aspettato. E quando lui è scappato, gli sono corso dietro. L'ho raggiunto. L'ho portato a bere qualcosa, Elsie. E abbiamo fatto una bella chiacchierata. Proprio come ai vecchi tempi. E poi l'ho riportato a casa.» Sospirò. «Penso che si rimetterà. Con l'aiuto di tutti.»

Ci fu un lungo silenzio e l'espressione sul viso di nonna Summerfield si ammorbidì. «Gli sei corso dietro» disse piano.

«Certo» rispose Joe nello stesso tono. «Dopo tutto quello che lei ha fatto per me. È il mio più vecchio amico. Certo che gli sono corso dietro.»

Nonna Summerfield distolse lo sguardo. Esitò per qualche momento e poi levò la mano sinistra verso il viso di Joe, e gli accarezzò i segni di bruciatura tra l'attaccatura dei capelli e la fronte. «Joe» disse. Nient'altro.

«Scusatemi» disse il dottor Ridgewell facendosi avanti. «Suo figlio: avrei bisogno di vederlo.»

«Certo» disse Joe Patience ritraendosi, ma nonna Summerfield fece un passo in avanti e lo prese a braccetto. «Da questa parte. Seguitemi tutti.»

Joe, il dottor Ridgewell, nonna Summerfield, Alfie e il vecchio Bill Hemperton si avviarono tutti a passo spedito verso il numero sedici e si precipitarono dentro, dove trovarono Margie e Georgie seduti insieme sul divano che si tenevano stretti, la testa di uno sulla spalla dell'altra.

«Georgie!» gridò nonna Summerfield, e correndogli incontro gli gettò le braccia al collo.

«Aiutatemi» sussurrò Georgie guardando sua madre e la moglie. «Aiutatemi, vi prego. Qualcuno mi aiuti. La mia testa...»

«Come va, Georgie, vecchio mio?» chiese Bill Hemperton chinandosi su di lui.

«Mr Summerfield, sono io, il dottor Ridgewell.»

«Papà!»

Alfie si fece largo a forza e spinse il suo corpo contro quello del padre, spingendo via tutti gli altri per potergli avvolgere le braccia intorno alla vita. Un momento dopo dalla strada salì un gran chiasso e tutti, tranne Alfie e Georgie, si voltarono per guardare fuori dalla finestra. «Che diavolo...?» domandò il vecchio Bill Hemperton, perché tutte le porte di Damley Road si stavano aprendo, e la gente usciva dalle case piangendo, e si abbracciava. «Che succede là fuori?»

«State qui» disse Margie aprendo la porta d'ingresso proprio nell'istante in cui Helena Morris del numero diciotto e Mrs Tamorin del numero venti le passarono davanti di corsa.

«Cosa c'è?» gridò Margie. «Che sta succedendo qua fuori? Perché siete tutti così agitati?»

«È finita!» disse Mrs Tamorin. «Non l'hai saputo? La guerra è finita. Abbiamo vinto.»

Sul divano, Georgie serrò forte le palpebre, e mentre abbracciava stretto il figlio lungo il viso cominciarono a scorrergli le lacrime.

La guerra era terminata, finalmente.

E mancavano ancora sei settimane a Natale.

Riportami nella mia vecchia, cara patria

Take Me Back to Dear Old Blighty

Kalena Janáček guardò nel salotto di casa sua al numero sei di Damley Road e trovò suo padre seduto in poltrona con un giornale disteso davanti ai piedi. Alla sua sinistra c'era una cassetta porta lucidi aperta, marrone scuro, di mogano, lunga il doppio di quanto era larga, e aveva un fermaglio color oro per assicurare il coperchio alla base. All'interno, su un fianco, c'era intagliata la parola Holzknecht, insieme all'emblema di un'aquila in volo sopra una montagna, con le ali spiegate, minacciosa.

Mr Janáček si stava lucidando le scarpe.

«Hai preso il regalo?» chiese lei, e suo padre annuì indicando il tavolo. Dove c'era appoggiata una copia di *Grandi Speranze* di Charles Dickens. Era il luglio del 1922, quasi quattro anni dopo la fine della guerra, e Alfie Summerfield compiva tredici anni.

«Sarà meglio andare» disse Mr Janáček, e dopo essersi infilato le scarpe, si alzò e prese il bastone che aveva comprato tornato dall'Isola di Man, con cui si aiutava nel tragitto dal numero sei al negozio di caramelle e ritorno. La sua gamba era perfetta prima di partire, naturalmente; tutto era dovuto a qualcosa successo all'interno del campo. «Gliele diciamo ora le nostre novità o aspettiamo?» chiese. Gliele diciamo ova le nostve novità o aspettiamo?

«No, oggi no» rispose Kalena scuotendo il capo. «Aspettiamo dopo il compleanno di Alfie. Gliele diremo domani.»

«D'accordo. Immagino che dovrei togliere il cartello, però» disse uscendo. Scoccò un'occhiata al negozio di caramelle, su cui c'era un cartello bene in vista con scritto "IN VENDITA". Mr Janáček l'aveva appeso lì nel 1919, quando era stato rispedito a Londra insieme alla figlia, come posta reindirizzata. Tutti i vicini pensavano che fosse solo per fare scena, che gli Janáček non se ne sarebbero mai andati, ma loro avevano deciso che una volta finito l'internamento avrebbero lasciato l'Inghilterra per sempre e non sarebbero mai più tornati. C'era solo voluto tutto quel tempo per vendere il negozio.

«A proposito, quando partiremo?» chiese Kalena.

«Ci vorranno un paio di settimane per sistemare le carte. Se tutto va bene, dovremmo essere a Praga per fine mese. E quel giorno non arriverà mai abbastanza presto, per quanto mi riguarda.»

«Non ti mancherà un po' Londra?» chiese lei prendendolo a braccetto.

L'uomo fece no con la testa. «Perché dovrebbe mancarmi?» domandò. «Non è casa mia. Non lo è mai stata. Pensavo che lo fosse, ma mi sbagliavo. Se mai dovessi tornare in Inghilterra, allora sì che sarà sempre troppo presto. La pensi così anche tu, no?»

Kalena esitò. Voleva partire, certo. Era nata in quel Paese ed era stata trattata come una nemica; non poteva perdonarlo. Però era stata felice prima della guerra, se lo ricordava bene, aveva molti amici e il migliore di tutti era proprio Alfie.

«Ma ci pensi che otto anni fa, oggi, eravamo in questa stessa casa e ci lamentavamo che la guerra era scoppiata?» disse Mr Janáček bussando alla porta dei Summerfield. «Sembra che sia passato un secolo, non credi? Niente è più come prima.» Niente è più come pvima. «Mi sembra tutto un'illusione. Non ho fatto niente di male, e questa gente mi ha distrutto. Ha distrutto tutto.»

Nella sua cucina al numero undici, nonna Summerfield controllò il pan di spagna che aveva messo in forno quella mattina. Si era raffreddato. Prese dal frigo la glassa che aveva preparato. Farina, zucchero, latte, panna: era ancora strano poter disporre con facilità di tutti quegli ingredienti dopo i tanti anni in cui procurarseli era stato impossibile. Non che fosse semplice trovarli, certo. Bisognava sapere dove andare a cercarli e tenersi buoni alcuni negozianti. Ma le cose andavano di sicuro molto meglio adesso che durante la guerra. Tutto stava tornando alla normalità e molti dicevano che quella era la guerra che avrebbe posto fine a tutte le guerre; che non se ne sarebbe vista più una così.

Le era sempre piaciuto fare i dolci e una tra le maggiori rinunce per lei in quegli anni era stata non poter preparare i suoi piatti preferiti e condividerli con le persone care. Si ricordava quando da ragazza aveva imparato a cucinare… che avventura le era sembrata! Adesso, com'era naturale, cucinava più di quanto avesse mai fatto prima, anche se cominciava a pesarle un po'. Con tutti i cambiamenti che c'erano stati dall'altra parte della strada, al numero dodici, Margie non aveva mai molto tempo, ma a nonna Summerfield non importava: le piaceva rendersi utile.

Ora che per la festa era tutto pronto, si sedette in poltrona per schiacciare un pisolino, ma proprio in quell'istante il vecchio Bill Hemperton accese il grammofono, e le prime note malinconiche di un nuovo disco che aveva comprato si diffusero per la strada. Ai vecchi tempi, nonna Summerfield sarebbe schizzata di sicuro in strada e avrebbe bussato alla sua porta per dirgli di abbassare quel frastuono, ma ormai non lo faceva più. La vita era troppo breve.

E in più, quella canzone le piaceva.

Margie diede un'occhiata all'orologio e si morse le labbra. Aveva sperato di finire il turno in ospedale per l'ora di pranzo in modo da preparare tutto per la festa di Alfie, ma come volevasi dimostrare, era quasi l'una e non accennava ancora ad andarsene.

«Infermiera Summerfield!»

Margie si voltò: la caposala veniva verso di lei muovendo avanti e indietro le braccia.

«Sì, mi dica.»

«So che voleva andare a casa presto oggi, ma mi chiedevo se poteva fermarsi ancora per un po'.»

Margie scosse il capo. «Non posso. Lo farei volentieri, ma è il compleanno di mio figlio. Gli ho promesso che sarei stata a casa.»

«Certo, certo» disse la caposala con un'espressione leggermente accigliata. «Non glielo chiederei, è solo che...»

Margie sospirò. Lavorava in ospedale da cinque anni, ormai, e a volte non riusciva proprio a credere di essere rimasta anche dopo la fine della guerra. Ma del resto non aveva mai pensato di andarsene. Il lavoro era interessante, e le piaceva aiutare gli altri. E comunque adesso le cose erano diverse. Non era come ai vecchi tempi quando una donna sposata che andava al lavoro faceva inarcare più di un sopracciglio. Le cose stavano iniziando a cambiare. In meglio.

«Cos'è successo?» chiese.

«È solo un giovane che è stato appena ricoverato» le spiegò la caposala. «Non è in buone condizioni, poveraccio. Chissà cosa gli è saltato in testa ieri sera, ma ha commesso una stupidaggine. Sopravviverà, questo è certo, ma stiamo aspettando che arrivino i suoi genitori. Pensavo che magari lei potrebbe sedersi un po' con lui.»

«Quanti anni ha?» chiese Margie.

«Più o meno ventisette, direi.»

Margie annuì. Aveva capito tutto. «Dov'è?»

«È nel reparto St Agatha. Letto tre. Ho parlato con suo padre; sarà qui tra mezz'ora. Può andarsene quando arriva. Non le dispiace, vero?»

Margie sorrise e scosse la testa. «No» disse. «No, non mi dispiace.»

Raggiunse il reparto St Agatha ed entrò. Non fu difficile capire qual era il letto tre. L'uomo era sdraiato su un fianco, e piangeva. Quando vide Margie venire verso di lui, nascose le braccia sotto le coperte, ma non prima che lei potesse scorgere le fasciature strette intorno ai suoi polsi. Margie accostò una sedia e diede un'occhiata al nome sopra il letto – Cecil Cratchley – poi gli sorrise e gli posò una mano sulla spalla.

«Ciao, Cecil» disse.

Il giovane batté più volte le palpebre ma non disse nulla.

«Sono l'infermiera Summerfield» proseguì lei. «Mi siederò qui con te per un po', se non hai niente in contrario. Credo che i tuoi genitori stiano venendo a trovarti. E poi ci prenderemo cura di te, io e gli altri qui in ospedale, e anche tuo padre e tua madre, e sistemeremo tutto. E prima che tu te ne accorga, torneresti quello di prima. Capito, Cecil? Tornerai quello di prima, e quando in futuro ripenserai a questi giorni, ti chiederai perché fossi così scombussolato. Tornerà tutto a posto, Cecil.»

E in qualche modo, il giovane parve crederle, perché alzò gli occhi, e incrociando il suo sguardo, abbozzò un sorriso. E Margie gli sorrise a sua volta. Era brava in questo. La verità era che aveva finalmente trovato qualcosa in cui era brava.

Mr Asquith trottava tutto felice lungo Damley Close, agitando la coda di tanto in tanto per scacciare le mosche. Non lo aveva mai entusiasmato l'idea di essere attaccato a un carro del latte, ma così è la vita, e bisogna pur far qualcosa per tirare avanti. E poi quantomeno quel pagliaccio di Henry Lyons era stato spedito da qualche altra parte, e il suo compagno, il suo vero compagno di un tempo – dov'era stato? – era tornato alla guida. C'erano modi peggiori di guadagnarsi da vivere, tutto sommato.

Era appena passata l'una quando gli ultimi bidoni di latte furono consegnati a Damley Close. Adesso che il carro era vuoto, Georgie Summerfield si mise sulla strada del ritorno verso la latteria, e si accese una sigaretta con una mezza smorfia sul viso. «Sai» disse. «Sto pensando di smetterla con questa roba. Non credo che faccia bene alla salute, cosa ne pensi?»

Alfie fece spallucce. Era un gesto che ripeteva molto

spesso in quei giorni. Margie diceva che dipendeva dall'età. Per Georgie non era così grave. Sapeva che suo figlio stava crescendo. Se il peggio si riduceva a questo, non se la sarebbero cavata tanto male.

«Ti ricordi, figliolo, quando mi imploravi di portarti a fare un giro sul carro del latte?» chiese. Alfie sorrise, perché quello era un bel ricordo.

«E tu non mi ci hai mai portato» disse.

«Be', eri troppo giovane» disse Georgie. «Pensa ai guai che avrei passato! In latteria avrebbero dato di matto se l'avessero scoperto, ed era niente in confronto a quanto avrebbe fatto tua madre. Non osavo, Alfie! Mi mancava il coraggio!»

Alfie scosse il capo e guardò suo padre. «Di coraggio ne avevi» disse con calma. «Di questo ne sono sicuro.»

Georgie annuì e rallentò, perché Joe Patience stava uscendo dalla biblioteca sul lato destro della strada. Georgie suonò la tromba e Joe levò lo sguardo, colto di sorpresa, ma quando vide Georgie e Alfie seduti fianco a fianco sul carro del latte li salutò con la mano.

«Se la passa bene di questi tempi, direi, non credi?» disse Georgie ricambiando il saluto. «Il suo libro era in vetrina in tutte le librerie in cui mi è capitato di passare. Ho sempre in mente di comprarne una copia per leggerlo, ma non credo che riuscirei a concentrarmi così a lungo.»

«Puoi prendere la mia, se vuoi» disse Alfie.

«Lo hai letto, allora?»

«Sì.»

«E com'è?»

Alfie sorrise. «Roba per sporcaccioni» disse facendo ridere suo padre.

«Forse lo leggerò, dopotutto» ribatté Georgie scuotendo la testa. «Solo, non una parola a tua madre, intesi? A proposito, che ora è?»

Alfie diede un'occhiata all'orologio. «Quasi l'una e mezza» rispose.

«Perfetto» disse Georgie. «Portiamo indietro il carro, diamo una lavata a Mr Asquith, e poi a casa in tempo per cambiarci prima che arrivino gli ospiti.» Fece un breve fischio. «Tredici anni» rimuginò. «Mi fa sentire vecchio, ecco come mi fa sentire. Sei proprio diventato grande, quasi non ci credo. Sei contento per la tua festa?»

Alfie non disse nulla e Georgie si voltò a guardarlo, meravigliato.

«No, vero? Te lo leggo in faccia.»

«Non è quello» disse Alfie. «Non sono sicuro che i compleanni mi piacciano, a dire la verità.»

«Ma come? A tutti piacciono i compleanni!»

«A me no» disse Alfie. «Mi fanno ripensare a quando ho compiuto cinque anni. E poi sei, sette, otto e nove.»

Georgie annuì e guidò Mr Asquith a sinistra. «Quei giorni fanno tutti parte del passato ormai, figliolo» disse. «Da ora in poi ci aspettano tempi felici. Questi ultimi anni sono stati buoni, non credi? So che mi ci è voluto un po' per... be', per stare meglio. Ma in questi giorni sto bene, no? Dormo, mangio, lavoro.»

«Hai ancora gli incubi?» chiese Alfie.

«Non tanti come una volta. Dico davvero, Alfie, sto bene. Non c'è nulla di cui devi preoccuparti. E poi guarda, eccoci qua, in una bella giornata d'estate, padre e figlio a guidare il carro del latte insieme come hai sempre desiderato. Non è una brutta vita in fondo, non credi?»

Alfie sorrise e scosse il capo. «No» disse. «No, è una vita niente male, tutto sommato.»

Guidarono in silenzio per alcuni minuti e solo quando in lontananza apparve la latteria Georgie parlò di nuovo.

«Non penso di averti mai ringraziato sul serio, vero, Alfie?»

«Per cosa?»

«Per essere riuscito nella tua missione segreta» disse Georgie con un sorriso. «Per essere venuto a trovarmi in ospedale. Per avermi fatto evadere.»

«Non è stata una gran trovata, a ripensarci» disse Alfie.

«No, ma alla fine tutto si è risolto per il meglio. E per me ha significato tutto rivederti. Sapere gli sforzi che avevi fatto per riportarmi a casa. È questo che ci permetteva di restare vivi nelle trincee, sai? L'idea che un giorno saremmo ritornati a casa. A trovare le nostre mogli e i nostri figli. Siete voi che mi avete tenuto in vita, anche nei momenti peggiori.»

Alfie si voltò e guardò le case sul lato sinistro. Non gli

piaceva tanto parlare dei vecchi tempi: era solo felice che fossero alle loro spalle e che la vita fosse tornata alla normalità. O a un nuovo tipo di normalità, quantomeno.

«Ancora adesso non so come ti sia venuto in mente» disse Georgie. «Tutti quei guai in cui avresti potuto cacciarti, i rischi che hai corso, il duro lavoro con la cassetta di Mr Janáček. Tutti i sacrifici che hai fatto. Prendere un treno da solo quando non eri mai stato su un treno in vita tua. Venire a trovarmi, riportarmi a casa, salvarmi. Non so proprio perché pensavi che fosse giusto farlo.»

Georgie svoltò nella latteria e tirò le redini per dire a Mr Asquith di fermarsi. Era buio lì dentro, e si girò per guardare suo figlio, il suo Alfie, che intanto si chiedeva se sarebbe riuscito a tornare con suo padre sul carro del latte il giorno dopo.

«Dimmi, figliolo» disse Georgie. «Perché ti sei dato così tanto da fare?»

Alfie si voltò verso il padre. Aprì la bocca per rispondere, ma le parole non volevano uscire. In testa aveva così tanti ricordi, cose che a volte lo tenevano sveglio la notte, altre che gli procuravano incubi, proprio come succedeva a Georgie. La preoccupazione di quando suo padre era sparito. Il puzzo dell'ospedale. I tremiti e l'angoscia dei pazienti. Il modo in cui parlavano, le frasi senza senso che dicevano. Erano cose che non avrebbe mai dimenticato, cose che avrebbero influenzato l'uomo che un giorno sarebbe diventato.

«Perché, figliolo?» ripeté Georgie.

Alfie scosse il capo e si voltò dall'altra parte, stringendosi nelle spalle per la centesima volta quel giorno. Non poteva dire a suo padre il motivo. Non ancora, almeno. Forse, una volta diventato più grande, sarebbe riuscito a pronunciare quelle parole. Le conosceva già, del resto. Mr Janáček gliele aveva dette molto tempo prima.

Lo aveva fatto per il miglior motivo al mondo. Per amore.

Nota del traduttore

I titoli dei capitoli rimandano a canzoni molto popolari tra i soldati britannici durante la prima guerra mondiale. Alcune di queste furono utilizzate negli anni '60 in un famoso film musicale, dai toni irriverenti e antimilitaristi, dal titolo *Oh, che bella guerra* (*Oh! What a Lovely War*), basato su un omonimo spettacolo teatrale, che sarà rimesso in scena a Londra in occasione del centenario dello scoppio della Prima guerra mondiale.

Perché il riferimento non andasse del tutto perduto, si è deciso di mantenere, accanto alla traduzione italiana, il titolo originale.

F.G.

Finito di stampare nel mese di novembre 2014
presso Nuovo Istituto Italiano
d'Arti Grafiche, Bergamo

RCS Libri

ISBN 978-88-17-07830-6